【日】石川啄木　著

周作人　　译

可以吃的诗：石川啄木诗歌集

民主与建设出版社

·北京·

图书在版编目（CIP）数据

可以吃的诗：石川啄木诗歌集 /（日）石川啄木著；
周作人译 . —北京：民主与建设出版社，2021.2
ISBN 978-7-5139-3353-7

Ⅰ.①可⋯ Ⅱ.①石⋯ ②周⋯ Ⅲ.①诗集 – 日本 –
现代 Ⅳ.①I313.25

中国版本图书馆 CIP 数据核字（2021）第 019230 号

可以吃的诗：石川啄木诗歌集
KEYI CHI DE SHI：SHICHUANZHUOMU SHIGEJI

著　　　者	（日）石川啄木
责任编辑	刘树民
封面设计	张景春
出版发行	民主与建设出版社有限责任公司
电　　话	（010）59417747　59419778
社　　址	北京市海淀区西三环中路 10 号望海楼 E 座 7 层
邮　　编	100142
印　　刷	三河市华东印刷有限公司
版　　次	2021 年 6 月第 1 版
印　　次	2021 年 6 月第 1 次印刷
开　　本	880 毫米 × 1230 毫米　　1/32
印　　张	8
字　　数	47 千字
书　　号	ISBN 978-7-5139-3353-7
定　　价	48.00 元

注：如有印、装质量问题，请与出版社联系。

目录

Contents

一握砂

这个歌集的名字是根据集中第二首和第八首歌而来的。

一九一〇年十一月一日由东云堂书店出版。

根据岩波书店版《啄木全集》第一卷译出。

函馆的郁雨宫崎大四郎[1]君

同乡友人文学士花明金田一京助[2]君

　　此集呈献于两君。我仿佛已将一切开示于两君之前，故两君关于此处所作的歌，亦当一一了解，此我所深信者也。

　　又以此集一册，供于亡儿真一之前。将此集稿本，交给书店手里，是你生下来的早晨。此集的稿费做了你药饵之资，而我见到此集的清样则在你火葬的夜里了。

著者

1　宫崎大四郎是啄木在函馆认识的朋友，郁雨是他的号。在啄木生活困难的时期，在经济上给了他很大帮助。

2　金田一京助是啄木的盛冈中学时的高年级同学，是啄木的好朋友，花明是他的号，曾在经济上给啄木很大的帮助。

明治四十一年[3]夏以后所作一千余首中间，选取五百五十一首，收入此集。集中五篇以感兴的由来相近而假为分卷，《秋风送爽》则明治四十一年秋的纪念也。

著者

3　一九〇八年。

爱自己的歌

1　在东海的小岛之滨，

　　我泪流满面，

　　在白砂滩上与螃蟹玩耍着[4]。

2　不能忘记那颊上流下来的

　　眼泪也不擦去，

　　将一握砂给我看的人。

3　对着大海独自一人，

　　预备哭上七八天，

　　这样走出了家门。

4　用手指掘那砂山的砂，

　　出来了一支

————————

4　这首歌作于一九〇八年六月二十四日，登在七月号的《昴星》上。

生满了锈的手枪。

5   一夜里暴风雨来了，

筑成的这个砂山，

是谁的坟墓啊。

6   在这一天，

我匍匐在砂山的砂上，

回忆着遥远的初恋的苦痛。

7   横在砂山脚下的，漂来的木头，

我环顾着四周，

试着对它说些话。

8   没有生命的砂，多么悲哀啊！

用手一握，

窸窸窣窣的从手指中间漏下。

9 湿漉漉的

  吸收了眼泪的砂球,

  眼泪可是有分量的呀。

10 在砂上写下

  一百余个"大"字,

  断了去死的念头,又回来了。

11 醒了还不起来,儿子的这个脾气

  是可悲的脾气呀,

  母亲啊,请勿责备吧。

12 一块泥土和上口水,

  做出哭着的母亲的肖像,——

  想起来是悲哀的事情。

13   我在没有灯光的房里；

父亲和母亲

从隔壁拄着手杖出来 [5]。

14   玩耍着背了母亲，

觉得太轻了，哭了起来，

没有走上三步。

15   飘然的走出家，

飘然的回来的脾气啊，

朋友虽然见笑……

16   像故乡的父亲咳嗽似的

那么咳嗽了，

生了病觉得人生无聊。

---

5 这首歌和第十四首、第十六首均作于一九〇八年六月二十五日。

17　少女们听了我的哭泣，

　　将要说是像那

　　病狗对着月亮号叫吧。

18　在什么地方轻轻的有虫鸣着似的

　　百无聊赖的心情

　　今天又感到了。

19　觉得心将被吸进

　　非常黑暗的洞穴里去似的，

　　困倦的就睡了。

20　但愿我有

　　愉快的工作，

　　等做完再死吧。

21　　在拥挤的电车的一角里，

　　　　缩着身子，

　　　　每晚每晚我的可怜相啊。

22　　浅草的热闹的夜市，

　　　　混了进去，

　　　　又混了出来的寂寞的心。

23　　想把爱犬的耳朵切了来看，

　　　　可哀呀，这也由于这颗心

　　　　对事物都倦了吧。

24　　哭够了的时候，

　　　　拿起镜子来，

　　　　尽可能的作出种种脸相。

25　眼泪啊，眼泪啊，

　　真是不可思议啊，

　　用这洗过了之后，心里就想游戏了。

26　听到母亲吃惊的说话，

　　这才注意了，——

　　用筷子正敲着饭碗呢。

27　躺在草里边，

　　没有想着什么事，

　　鸟儿在空中游戏，在我的额上撒了粪。

28　我的胡子有下垂的毛病，

　　使我觉得生气，

　　因为近来很像一个讨厌的人。

29　森林里边听见枪声，

哎呀，哎呀，

自己寻死的声音多么愉快。

30   耳朵靠了大树的枝干，

有小半日的工夫，

剥着坚硬的树皮。

31   "为这点事就死去吗？"

"为这点事就活着吗？"

住了，住了，不要再问答了！

32   偶然得到的

这平静的心情，

连时钟的报时听起来也很好玩。

33   忽然感觉深的恐怖，

一动也不动，

随后静静的摸弄肚脐。

34　　走到高山的顶上，

　　　无缘无故的挥挥帽子，

　　　又走下来了。

35　　什么地方像是有许多人

　　　竞争着抽签的样子，

　　　我也想要去抽。

36　　生气的时候，

　　　必定打破一个缸子，

　　　打破了九百九十九个，随后死吧[6]。

37　　时常在电车里遇见的那个矮个子的

────────

6　这首歌作于一九○八年七月十六日。

13

含怒的眼睛，

这阵子使我感到不安了[7]。

38   来到镜子店的前面，

突然的吃惊了，

我走路的样子显得多么寒伧啊。

39   不知怎的想坐火车了，

下了火车

却没有去处。

40   有时走进空屋里去吸烟，

哎呀，只因为想

一个人待着。

41   无缘无故的觉得寂寞了

7　这首歌作于一九〇九年四月二日。

就出去走走，我成了这么个人，

至今已是三个月了。

42   把发热的面颊

埋在柔软的积雪里一般，

想那么恋爱一下看看。

43   可悲的是，

给那满足不了的利己的念头

缠得没有办法的男子。

44   在房间里

摊开手脚躺下，

随后静静的又起来了。

45   像从百年的长眠里醒过来似的，

打个呵欠，

没有想着什么事。

46　　抱着两只手，

　　　近来这么想：

　　　让大敌在眼前跳出来吧。

47　　我会到了个男子，

　　　两手又白又大，

　　　人家说他是个非凡的人 [8]。

48　　想要愉快的

　　　称赞别人一番；

　　　寂寞啊，对于利己的心感到厌倦了。

8　这首歌作于一九〇九年三月二十二日。"非凡的人"指东京
朝日新闻社主笔池边三山。当时啄木是该社校对，池边很器重他，
叫他帮助做《二叶亭四迷全集》的编辑工作。

49　　天下了雨，

　　　我家的人脸色都阴沉沉的，

　　　雨还是晴了才好。

50　　有没有

　　　用从高处跳下似的心情，

　　　了此一生的办法呢?

51　　这些日子里，

　　　胸中有隐藏着的悔恨，　——

　　　不叫人家笑我。

52　　听见谄媚的话，

　　　就生气的我的心情，

　　　因为太了解自己而悲哀啊。

53　　把人家敲门叫醒了，

自己却逃了来，多好玩呀，

过去的事情真可怀恋呀。

54　举止装作非凡的人，

这以后的寂寞，

什么可以相比呢。

55　他那高大的身子

真是可憎呀，

到他面前说什么话的时候 [9]。

56　把我看作不中用的

歌人的人，

我向他借了钱。

9　这首歌发表于一九一〇年三月十九日，回忆一年前初入朝日
新闻社时的事。"他"指朝日新闻社总编辑佐藤北江。

57　远远的听见笛子的声音，

　　大概因为低着头的缘故吧，

　　我流下泪来了。

58　说那样也好，这样也好的

　　那种人多快活，

　　我很想学到他的样子。

59　把死当作

　　常吃的药一般，

　　在心痛的时候。

60　路旁的狗打了个长长的呵欠，

　　我也学它的样，

　　因为羡慕的缘故。

61　认真的拿竹子打狗的

小孩的脸，

我觉得是好的。

62　发电机的

沉重的呻吟，多么痛快呀，

啊啊，我想那样的说话！

63　好诙谐的友人死后

面上的青色的疲劳，

至今还在目前。

64　给性情易变的人做事，

深深的觉得

这世间讨厌了。

65　像龙似的天空上跃出，

随即消灭了的烟，

看起了没有餍足。

66　愉快的疲劳呀，

　　连气也不透，

　　干完工作后的疲劳。

67　假装睡着，勉强打呵欠，

　　为什么这样做呢？

　　因为不愿让人家觉察自己的心事。

68　停住了筷子，忽然的想到，

　　于今渐渐的

　　也看惯了世间的习气了。

69　早晨读到了

　　已过了婚期的妹妹[10] 的

10　啄木的妹妹叫光子，后嫁给三浦清一。

像是情书似的信。

70   我感到一种湿漉漉的

像是吸了水的海绵似的

沉重的心情。

71   死吧死吧，自己生着气，

沉默着的

心底的黑暗的空虚。

72   人家在说话，

只见他那野兽似的脸，

一张一闭的嘴。

73   父母和儿子，

怀着不同的心思，静静的对着，

多么不愉快的事呀。

74   没有死成的

　　　是乘那只船，

　　　参加那一趟航海的一个旅客。

75   眼前的点心碟子什么的，

　　　想要嘎嘎的咬碎它，

　　　真是焦躁呀。

76   很会笑的青年男子

　　　要是死了的话，

　　　这个世间总要寂寞点吧。

77   无端地想要

　　　在草原上面跑一跑，

　　　直到喘不过气来。

78　穿上新洋服什么的，

　　旅行去吧，

　　今年也这么想过。

79　故意的灭了灯火，

　　睁着眼想着，

　　那是极平常的事情。

80　在浅草凌云阁 [11] 的顶上，

　　抱着胳膊的那天，

　　写下了长长的日记。

81　这是寻常的玩笑么，

　　拿着刀装出死的样子，

　　那个脸色，那个脸色。

_____

11　凌云阁在浅草公园里，有十二层楼，俗称"十二阶"。
一九二三年关东大地震时被破坏。

82　喊喊喳喳的说话声逐渐高起来，

手枪响了，

人生终局了。

83　有时候

想要像小孩似的闹着玩，

不是恋爱着的人该做的事吧。

84　一出了家门，

日光温暖的照着，

深深的吸了一口气。

85　疲倦的牛的口涎，

滴滴答答的

千万年也流不尽似的。

86　　在路旁铺石上边，

　　　有个男子抱着胳膊；

　　　仰脸看着天。

87　　我看着那群人，

　　　不知怎的带着不安的目光

　　　抡着铁镐。

88　　今天从我心里逃出去了，

　　　像有病的野兽似的

　　　不平的心情逃出去了。

89　　宽大的心情到来了，

　　　走路的时候

　　　似乎肚子里也长了力气。

90　只因为想要独自哭泣,

　　到这里来睡了,

　　旅馆的被褥多舒服呀。

91　朋友啊, 别讨厌,

　　乞食者的下贱,

　　饿的时候我也是这般。

92　新墨水的气味,

　　打开塞子时,

　　沁到饥饿的肚子里去的悲哀。

93　悲哀的是,

　　忍住了嗓子的干燥,

　　蜷缩在夜寒的被窝里的时候。

94　哪怕只让我低过一次头的人,

都死了吧!

我曾这样的祈祷。

95　跟我相像的两个朋友:

一个是死了,

一个出了监牢, 至今还病着。

96　有着丰富的才能,

却为妻子的缘故而烦恼的友人,

我为他而悲哀。

97　吐露了心怀,

仿佛觉得吃了亏似的,

和朋友告别了。

98　看着那阴沉沉的

灰暗的天空,

我似乎想要杀人了 [12]。

99   只不过有着平凡的才能，

      我的友人的深深的不平，

      也着实可怜啊。

100   谁看去都是一无可取的男子来了，

      他摆了一通架子又回去：

      有像这样可悲的事么？

101   不管怎样劳动，

      不管怎样劳动，我的生活还是不能安乐：

---

12 这首歌作于一九一〇年十月十三日，啄木在歌中对所谓"大
逆事件"表示愤激之情。"大逆事件"又名"幸德秋水事件"。
幸德秋水（一八七一年至一九一一年）是日本杰出的革命家。
一九一〇年，日本反动政府为了镇压社会主义运动，借口"谋刺"
明治天皇的罪名，在全国范围内逮捕了数百名社会主义者和无
政府主义者，对其中二十六人加以起诉，一九一一年一月把幸
德秋水等十二人处以死刑。

我定睛看着自己的手 [13]。

102　将来的事好像样样都看得见，

　　这个悲哀啊，

　　可是拂拭不掉。

103　正如有一天。

　　急于想喝酒，

　　今天我也急于想要钱。

104　喜欢玩弄水晶球，

　　我这颗心

　　究竟是什么心啊。

105　没有什么事，

13　这首歌作于一九一〇年七月二十六日。

而且愉快的长胖着，

我这个时期多不满足啊。

106　想要一个

很大的水晶球，

好对着它想心事。

107　对自夸的友人

随口应答者，

心里好像给予一种施舍。

108　一天早晨从悲哀的梦里醒来时，

鼻子里闻到了

煮酱汤的香气！

109　空地里笃笃的琢石头的声音，

在耳朵里响，

直到走进家里。

110　多么可悲呀，

　　　仿佛头里边有个山崖，

　　　每天有泥土在坍塌。

111　就像远方有电话铃响着一样，

　　　今天也觉耳鸣，

　　　悲哀的一天呀。

112　有泥垢的夹衣的领子啊，

　　　悲哀的是

　　　带着故乡炒核桃的气味。

113　想死得不得了的时候，

　　　在厕所里躲过人家的眼泪，

　　　装了可怕的脸相。

114　目送着一队兵走过去，

　　　我感到悲哀了，

　　　看他们是多么没有忧虑啊。

115　这一天同胞的脸

　　　显得卑鄙不堪，

　　　就躲在家里吧。

116　下一次的休息日就睡一天看吧，

　　　这样想着，打发走了

　　　三年来的时光。

117　有时候觉得我的心

　　　像是刚烤好的

　　　面包一样。

118　滴答滴答的

　　　落下的雨点，

　　　在我疼痛的头里震着的悲哀呀。

119　有一天，

　　　把屋里的纸门重新裱糊了一遍，

　　　因此这一天就心平气和了。

120　心想这样是不行的，

　　　站了起来，

　　　听见门外有马嘶声。

121　茫然的站在廊子里，

　　　粗暴的推那门，

　　　立刻就开了。

122　定睛看着，

　　　吸了黑的和红的墨水

　　　变得干硬的海绵。

123　那天晚上我想写一封

　　　谁看见了都会

　　　怀念我的长信。

124　有没有那一种药？

　　　淡绿色的，

　　　喝了会使身体像水似的透明的药？

125　平常盯着洋灯觉得厌倦了，

　　　三天的工夫

　　　和蜡烛的火亲近。

126　有一天觉得

人类不用的语言，

只有我一个人知道似的。

127　寻求新的心情，

今天又彷徨着来到

名字也不知道的街上。

128　友人似乎都显得比我伟大的一天，

我买了花来，

和妻子一同欣赏。

129　我在这里

干什么呢？

有时像这样吃了一惊，望着室内。

130　有人在电车里吐唾沫；

连这个

不能忘记那颊上流下来的

眼泪也不擦去，

将一握砂给我看的人。

走到高山的顶上，

无缘无故的挥挥帽子，

又走下来了。

也使我心痛。

131　想要找个游玩到天亮，混过时光的地方；
　　　想到家里，
　　　心里凉了 [14]。

132　可悲呀，人人都有家庭，
　　　正如走进坟墓里似的，
　　　回去睡觉。

133　想显示什么不可思议的事，
　　　人家都在吃惊的时候，
　　　自己就消逝掉。

14　这首歌和下一首均作于一九一〇年十月十三日。啄木的妻
　　子堀合节子和婆婆不合，啄木因此很苦恼。啄木在一八九九年
　　即和节子相识，一九〇五年结婚。

134　人人的心里边，

　　都有一个囚徒

　　在呻吟着，多么悲哀呀。

135　挨了骂，

　　哇的一声就哭出来的儿童的心情；

　　我也想要有那种心情。

136　连偷窃这事我也不觉得是坏的。

　　心情很悲哀，

　　可以躲避的地方也没有。

137　怯弱的男子

　　有一天感觉到了

　　像解放的女人 15 似的悲哀。

15　指新式的女人。

138 院子里的石头上，

当的把手表扔去，

从前的我发怒的样子也很可怀念。

139 涨红了脸生了气，

到了第二天

又没什么了，使我觉得寂寞。

140 焦急的心啊，你悲哀了，

来吧来吧，

且稍微打点呵欠什么的吧。

141 有个女人，

挖空心思不违背我的嘱咐，

看着时也是可悲啊 [16]！

_____

16 这首歌作于一九一〇年九月九日，第一四二至一四六各首
也是同时作的。

142　我在秋天的雨夜曾经骂过

　　我们日本的没志气的

　　女人们 [17]。

143　生为男子？又同男子交际，

　　总是吃亏，

　　为这个缘故吧，秋天像是沁进了身体。

17　这首歌骂日本女人没志气。参看《叫子和口哨》中的《书斋的午后》。

　　一九〇八年六月二十二日社会主义者在神田锦辉馆开会，发生了高揭红旗事件，菅野清子等被捕，当时啄木作了一些歌，收在未发表的歌稿《闲暇的时候》里。其中谈到菅野的有两首歌：

　　"你这女士啊，

　　乞将红的判旗

　　亲手缝了赐给我吧。"

　　"你若是男子，

　　将已有两个大都市

　　给烧掉了吧。"

从这两首歌里，可以知道啄木对女人的期望。

144　我所抱的一切思想

　　　仿佛都是没有钱而引起的；

　　　秋风吹起来了。

145　写了无聊的小说觉得高兴的

　　　那个男子多可怜啊，

　　　初秋的风。

146　秋风来了，

　　　从今天起我不想再和那肥胖的人

　　　开口说话了。

147　今天有了这样一种心情：

　　　好像在笔直的

　　　看不到头的街上走路。

148　不想忘记那

什么事也不惦念,

匆匆忙忙度过的一天。

149　笑着说什么事都是钱, 钱,

过了一会儿

忽然又起了不平的念头。

150　让什么人

用手枪来打我吧,

像伊藤一样的死给他看[18]。

151　我做了个梦:

桂首相[19]"呀"的一声握住了我的手,

醒来正是秋天夜里的两点钟。

18　这首歌和第一五一首均作于一九一〇年九月九日,伊藤即
伊藤博文(一八四一至一九〇九年),日本驻朝鲜的统监,
一九〇九年在哈尔滨为朝鲜爱国志士安重根所击毙。
19　桂首相即桂太郎(一八五〇至一九一六年),日本军人内
阁的首相。

烟

一

152　生了病似的

　　　思乡之情涌上来的一天，

　　　看着蓝天上的烟也觉得可悲。

153　轻轻的叫了自己的名字，

　　　落下泪来的

　　　那十四岁的春天，没法再回去呀[20]。

154　在蓝天里消逝的烟，

　　　寂寞的消逝的烟呀，

　　　与我有点儿相像吧。

———————

20　这首歌作于一九〇八年六月二十三日。啄木在一八九八年
入盛冈中学，这是指第二年的事情。

155　那回旅行的火车里的服务员，

　　　不料竟是

　　　我在中学时的友人。

156　暂时怀着少年的心情，

　　　看着水从唧筒里冲出来，

　　　冲得多愉快啊。

157　师友都不知道而谴责了，

　　　像谜似的

　　　我的学业荒废的原因 [21]。

21　啄木在中学一、二年级时成绩很好，到三年级时成绩就差了。
这一方面是由于和堀合节子的恋爱问题的关系，一方面也是因
为对学问发生了怀疑。他念到中学五年级时，突然以"家事上
的关系"为理由，向学校申请退学。

158   从教室的窗户里逃出去，

        只是一个人，

        到城址里去睡觉。

159   在不来方的城址的草上躺着，

        给空中吸去了的

        十五岁的心。

160   说是悲哀也可以说吧，

        事物的味道，

        我尝得太早了。

161   仰脸看着晴空，

        总想吹口哨，

        就吹着玩了。

162   夜里睡着也吹口哨，

口哨乃是

十五岁的我的歌。

163　有个喜欢申斥人的老师[22]，

因为胡须相像，外号叫"山羊"，

我曾学他说话的样子。

164　同我在一起，

对小鸟扔石子玩的

还有退伍的大尉的儿子。

165　在城址的

石头上坐着，

独自尝着树上的禁果。

22　指盛冈中学数学教员富田子一郎，他是啄木那班的级任老师。

166　后来舍弃了我的友人，

　　　那时候也在一起读书，

　　　一起玩耍。

167　学校图书馆后边的秋草，

　　　开了黄花，

　　　至今不知道它的名字。

168　花儿一谢，

　　　就比人家先换上白衣服

　　　出门去了的我呀。

169　现在已去世的姐姐[23]的爱人的兄弟，

　　　曾跟我很要好，

　　　想起来觉得悲哀。

23　指啄木的大姐定子。

170　也有个年轻的英语教师，

　　　暑假完了，

　　　就那么不回来了。

171　想起罢课的事情来，

　　　现今已不那么兴奋了，

　　　悄悄的觉得寂寞 [24]。

172　盛冈中学校的

　　　露台的栏杆啊，

　　　再让我去倚一回吧。

173　把主张说有神的朋友，

_____

24　指一九〇一年啄木上三年级的时候，领导同学进行的罢课。
当时盛冈中学的老教员排斥新教员，使新教员无法待下去。三、
四年级的学生共同商量学校革新的方法，由啄木起草质问校长，
两班学生全体罢课，结果学生胜利，老教员大部分被撤职或转
任别处。

给说服了，

在那校旁的栗树底下。

174　内丸大街的樱树叶子

被西风刮散，

我窸窸窣窣的踏着玩。

175　那时候爱读的书啊，

如今大部分

并不流行了。

176　像一块石头，

顺着坡滚下来似的，

我到达了今天的日子。

177　含着忧愁的少年的眼睛，

羡慕小鸟的飞翔，

羡慕它且飞翔且唱歌。

178　解剖了的

　　蚯蚓的生命可悲伤呀，

　　在那校庭的木栅底下。

179　我眼睛里燃着对知识的无限欲求，

　　使姐姐担忧，

　　以为我是恋爱着什么人。

180　把苏峰[25]的书劝我看的友人，

　　早已退学了，

　　为了贫穷的关系。

181　我一个人老是笑

————————
25　即德富苏峰（一八六三年至一九五七年），明治初期的文人，后来成为日本反动政府的御用记者。

那博学的老师，

笑他那滑稽的手势。

182　一个老师告诉我，

曾有人恃着自己有才能，

耽误了前程。

183　当年学校里的头一号懒人，

现在认真的

在劳动着。

184　乡下老般的旅行装束，

在京城里暴露了三天，

随后回去了的友人啊。

185　在茨岛的栽着松树的街道上，

和我并走的少女 [26] 啊，

恃着自己的才能。

186　生了眼病戴上黑眼镜的时候，

在那个时候

学会了独自哭泣。

187　我的心情，

今天也悄悄的要哭泣了，

友人都走着各自的道路。

188　比人先知道了恋爱的甜味，

知道了悲哀的我，

也比人先老了。

189　兴致来了，

────────────

26　指板垣玉代，啄木的爱人堀合节子的小学和中学时的同学。

友人 [27] 垂泪挥着手，

像醉汉似的说着话。

190　分开人群进来的

我的友人拿着

同从前一样的粗手杖。

191　写好看的贺年信来的人，

和他疏远，

已有三年的光景。

192　梦醒了忽然的感到悲哀，

我的睡眠

不再像从前那样安稳了。

27　指金田一京助。

193　从前以才华出名的

　　　我的友人现在在牢里；

　　　刮起了秋风。

194　有着近视眼，

　　　做出诙谐的歌的

　　　茂雄[28]的恋爱也是可悲呀。

195　我妻的从前的愿望

　　　原是在音乐上，

　　　现在却不再歌唱[29]。

196　友人有一天都散到四方去了，

　　　已经过了八年，

28　指小林茂雄，啄木在盛冈中学时和同学们一起组成的文学
小组"白羊会"的同人之一。
29　这首歌发表于一九一〇年十一月号的《昴星》上。堀合节
子毕业于盛冈女学校，对音乐很有兴趣。也长于唱歌，但因家
境关系，没能升音乐学校。

没有成名的人。

197　我的恋爱
　　　初次对友人公开了的那夜的事，
　　　有一天回想起来。

198　像断了线的风筝似的，
　　　少年时代的心情
　　　轻飘飘的飞去了。

二

199　故乡的口音可怀念啊，
　　　到车站的人群中去，
　　　为的是听那口音。

200　像有病的野兽似的，

　　　我的心情啊，

　　　听了故乡的事情就安静了。

201　忽然想到了，

　　　在故乡时每天听见的麻雀叫声，

　　　有三年没听到了。

202　去世的老师

　　　从前给我的

　　　地理书，取出来看着。

203　从前的时候

　　　我扔到小学校的板屋顶上的球，

　　　怎样了呢？

204　扔在故乡的

路旁的石头啊，

今年也被野草埋了吧。

205　分离着觉得妹妹很可爱啊，

从前是个哭嚷着

想要红带子的木屐的孩子。

206　两天前看见了高山的画，

到了今晨

忽然怀念起故乡的山来了。

207　听着卖糖的唢呐，

似乎拾着了

早已失掉了的稚气的心。

208　这一阵子

母亲也时时说起故乡的事，

已经入了秋天。

209　没有什么目的，

　　　说起乡里的什么事情，

　　　秋夜烤年糕的香味。

210　涩民村多么可怀恋啊，

　　　回想里的山，

　　　回想里的河。

211　卖光了田地来喝酒，

　　　灭亡下去的故乡的人们，

　　　有一天使我很关心。

212　哎呀，再过不久，

　　　我所教过的孩子们，

　　　也将舍弃故乡而出去吧。

213　和从故乡出来的

　　　孩子们相会，

　　　没有能胜过这种喜悦的悲哀。

214　像用石头追击着似的，

　　　走出故乡的悲哀，

　　　永远不会消失[30]。

215　杨柳柔软的发绿了。

30　这首歌叙述离开家乡的悲哀。啄木的父亲原是涩民村宝德寺的僧侣。一九○二年十月啄木念到中学五年级时退学，十一月到东京去，第二年二月在东京生病。他父亲为了凑钱接他回乡，就私自把宝德寺的树卖掉，结果受到处分，被撤除僧侣的职务。啄木在一九○五年结婚，一九○六年四月在涩民小学教书。一九○七年四月领导学生罢课，反对校长，被开除教职。那年三月，啄木的父亲出走，到青森县野边地去住，一方面是因为没希望回到宝德寺去，另一方面是因为家里贫困。五月里，啄木带妹妹光子到北海道去，打发妻子回娘家，把母亲托给朋友照看，至此全家离散。

看见了北上川的岸边，

像是叫人哭似的。

216　　故乡的村医的妻子 [31] 的

用朴素的梳子卷着的头发

也是很可怀念。

217　　那个来到村里的登记所的

男子生了肺病，

不久就死去了。

218　　在小学校和我争第一名的

同学所经营的

小客店啊。

31　这里的村医的妻子指当时在涩民村惟一的医生濑川彦太郎
的妻子，名叫爱子。第二二○首中提到的那个女人也是爱子。
第二三二首中所说的年轻的医生是濑川。

219　千代治 [32] 他们也长大了，

　　　恋爱了，生了孩子吧，

　　　正如我在外乡所做的那样。

220　我记起了那个女人：

　　　有一年盂兰会的时候，

　　　她说借给你衣服，来跳舞吧。

221　有着痴呆的哥哥

　　　和残废的父亲的三太多悲哀啊，

　　　夜里还读着书。

222　同我一起曾骑了

　　　栗色的小马驹的，

　　　那没有母亲的孩子的盗癖啊。

─────────

32　即工藤千代治，啄木在小学时的同学。第二一八首歌中所
谈到的也是他。

223　外褂的大花样的红花

　　现今犹如在眼前，

　　六岁时候的恋爱。

224　连名字都差不多要忘记了的时候，

　　飘然的忽而来到故乡。

　　老是咳嗽的男子。

225　木匠的左性子的儿子等人

　　也可悲啊，

　　出去打仗不曾活着回来。

226　那个恶霸地主的

　　生了肺病的长子，

　　娶媳妇的日子打了春雷。

227 萝卜花开得很白的晚上，

　　　对着宗次郎，

　　　阿兼又在哭着诉说了[33]。

228 村公所的胆小的书记，

　　　传说是发疯了，

　　　故乡的秋天。

229 我的堂兄，

　　　在山野打猎厌倦了之后，

　　　喝上了酒，卖了房屋，得病死了。

230 我走去执着他的手，

　　　哭着就安静下去了，

　　　那喝醉酒胡闹的从前的友人。

33　宗次郎原名沼田总次郎，歌中把"总"改为"宗"。他住
在啄木对门，常常喝醉酒，和妻子阿兼争吵。

231　有个喝了酒

　　　就拔了刀追赶老婆的教师，

　　　被赶出村去了。

232　每年生肺病的人增加了，

　　　村里迎来了

　　　年轻的医生。

233　想去捕萤火虫，

　　　我要往河边去，

　　　却有人 ³⁴ 劝我往山路去。

234　因了京城里的雨，

　　　想起雨来了，

_____

34　指啄木在小学任教时的同僚堀田秀子。第二四九首歌中提
到的秀子也是她。

那落在马铃薯的紫花上面的雨。

235　哎呀，我的乡愁，
　　　像金子似的
　　　清净无间的照在心上。

236　没有一同玩耍的朋友的，
　　　警察的坏脾气的孩子们
　　　也是可悲啊。

237　布谷鸟叫的时候，
　　　说是就发作的
　　　友人的毛病不知怎么样了。

238　我所想的事情
　　　大概是不错的了，
　　　故乡的消息到来的早晨。

239　今天听说

　　　那个运气不好的鳏夫

　　　专心在搞不纯洁的恋爱。

240　有人 ³⁵ 在唱赞美歌，

　　　为的是让我

　　　镇定烦恼的心灵。

241　哎呀，那个有男子气概的灵魂啊，

　　　现今在哪里，

　　　想着什么呀？

242　在朦胧的月夜，

　　　把我院子里的白杜鹃花，

———————

35　指啄木在小学任教时的同僚上野佐米子。她是基督教徒，
第二四三首歌中谈到的年轻的女人也是她。

折了去的事情不可忘记啊。

243　头一次到我们村里，

　　传耶稣基督之道的

　　年轻的女人。

244　雾深的好摩原野的车站，

　　早晨的

　　虫声想必很凌乱吧。

245　列车的窗里，

　　远远见到北边故乡的山

　　不觉正襟相对。

246　踏着故乡的泥土，

　　我的脚不知怎的轻了，

　　我的心却沉重了。

247 进了故乡先自伤心了，

道路变宽了，

桥也新了。

248 不曾见过的女教师，

站在我们从前念过书的

学校的窗口。

249 就在那个人家的那个窗下，

春天的夜里，

我和秀子同听过蛙声。

250 那时候神童³⁶ 的名称

好悲哀呀，

---

36 啄木五岁时上涩民小学，成绩优异，有神童之称。

70

来到故乡哭泣，正是为了那事。

251　故乡的到车站去的路上，
　　　在那河旁的
　　　胡桃树下拾过小石子。

252　对着故乡的山，
　　　没有什么话说，
　　　故乡的山是可感谢的。

秋风送爽

253 遥望故乡的天空，

独自升上高高的房屋，

又忧愁的下来了。

254 皎然与白玉比白的少年，

说是秋天到了，

就有所忧思了。

255 悲哀的要算秋风了吧，

以前偶然才涌出的眼泪，

现在却时常流下了。

256 绿色透明的

悲哀的玉当作枕头，

通夜的听松树的声响。

257　森严的七山的杉树，

　　　像火似的染着落日，

　　　多么安静啊。

258　读了就知道忧愁的书

　　　给焚烧了的

　　　古时的人真是痛快呀。

259　一切都虚无似的

　　　把悲哀聚集在一起的

　　　暗下来的天气。

260　在水洼子里浮着，

　　　暗下来的天空和红色的带子，

　　　秋天的雨后。

261　秋天来了，

　　　像用水洗过似的，

　　　所想的事情都变清新了。

262　忧愁着走来，

　　　爬上小山，

　　　有不知名的鸟在啄荆棘的种子。

263　秋天的十字路口，

　　　吹向四条路的那三条的风，

　　　看不见它的踪迹。

264　能够比谁都先听到秋声，

　　　有这种特性的人

　　　也是可悲吧 [37]。

37　这首歌作于一九〇八年八月二十九日。

265　虽然是看惯的山 [38]，

　　　秋天来了，

　　　也恭敬的看，有神住在那里吧。

266　在世上我可做的事情已经做完了，

　　　漫长的日子，

　　　唉唉，为什么这样的忧思呢？

267　哗啦哗啦的雨落下来了，

　　　看到庭院渐渐的湿了，

　　　忘记了眼泪。

268　在故乡寺院 [39] 的廊下，

38　指岩手郡的姬神山，传说这山是女性，为岩首山神的妻。
39　啄木生于岩手郡玉光村的常光寺，一岁多的时候随家人迁
　　到涩民村的宝德寺。这里指宝德寺。

梦见了

蝴蝶踏在小梳子上。

269　试想变成

孩提时代的我,

同人家说说话看。

270　秋风吹起来的时候,

黍叶吧嗒吧嗒的响,

故乡的檐端很可怀念啊。

271　我们肩头相摩的时候,

所看见的那一点,

把它记在日记里了。

272　古今的风流男子,

夜里枕着春雪似的玉手,

但是老了吧。

273　想暂时忘记了也罢，
　　　像铺地的石头
　　　给春天的草埋没了一样。

274　从前睡在摇篮里，
　　　梦见许多次的人，
　　　最可怀念啊。

275　想起十月小阳春的
　　　岩手山的初雪，
　　　逼近眉睫的早晨的光景。

276　旱天的雨哗啦哗啦的下了，
　　　庭前的胡枝子
　　　稍微有点凌乱了。

277　秋日的天空寥廓，没有片影，

　　　觉得太寂寞了，

　　　有乌鸦什么的飞翔也好 [40]。

278　雨后的月亮，

　　　湿透了的屋顶的瓦

　　　处处有光，也显得悲哀啊。

279　我挨饿的一天，

　　　摇着细尾巴，

　　　饿着看我的狗的脸相。

280　不知什么时候，

　　　忘记了哭的我，

40　这首歌作于一九〇八年八月二十九日。

想去捕萤火虫，
　我要往河边去，
　却有人劝我往山路去。

忧愁着走来，

爬上小山，

有不知名的鸟在啄荆棘的种子。

没有人能使得我哭么？

281　唉，酒的悲哀

　　　涌到我身上，

　　　站起来舞一会儿吧。

282　蟋蟀叫了，

　　　蹲在旁边的石头上，

　　　且哭且笑的独自说话。

283　自从生了病没有了力气，

　　　稍微张着嘴睡，

　　　就成为习惯了。

284　把只不过得到一个人的事，

　　　作为大愿，

　　　这是少年时候的错误。

285　有所怨恨时

　　　她柔和的抬着眼睛看人，

　　　我要是说她可爱，岂不更是无情了么。

286　这样的热泪，

　　　在初恋的日子也曾有过，

　　　以后就没有哭的日子了。

287　像是会见了

　　　长久忘记了的朋友似的，

　　　高兴的听流水的声音。

288　秋天的夜里

　　　在钢铁色的天空上，

　　　心想有个喷火的山该多好。

289　岩手山的秋天

　　　　山麓的三面原野里

　　　　满是虫声，到哪边去听呢？

290　对没有家的孩子，

　　　　秋天像父亲一样严肃，

　　　　秋天像母亲一样可亲。

291　秋天来了，

　　　　恋爱的心没有闲暇啊，

　　　　夜里睡着也听着许多雁在叫。

292　九月也已经过了一半，

　　　　像这样幼稚的不说明，

　　　　要到几时为止呢？

293　不说相思的话的人，

　　　送了来的

　　　勿忘草的意思很清楚。

294　像秋雨时候容易弯的弓似的，

　　　这一阵子，

　　　你不太亲近我了。

295　松树的风声昼夜的响，

　　　传进没有人访问的山涧祠庙的

　　　石马的耳里。

296　朽木的微微的香气，

　　　夹杂着菌类的香气，

　　　渐渐的到了深秋。

297　发出下秋雨般的声音，

森林里的很像人的猴子们，

从树上爬了过去。

298　森林里头，

远远的有声响，像是来到了

在树洞里碾磨的侏儒的国。

299　世界一起头，

先有树林，

半神的人在里边守着火吧？

300　没有边际的砂接连着，

在戈壁之野住着的神，

是秋天之神吧。

301　天地之间只有

我的悲哀和月光

还有笼罩一切的秋夜。

302　彷徨行走，像是拣拾着

　　　悲哀的夜里

　　　漏出来的东西的声音。

303　羁旅的孩子

　　　来到故乡睡的时候，

　　　冬天确实静静的来了。

难忘记的人们 [41]

一

304　海水微香的北方的海边的，

　　　砂山的海边蔷薇 [42] 啊，

　　　今年也还开着么？

305　恃着还年轻，

　　　数数自己的岁数，凝视着指头，

　　　旅行也厌倦了。

41　《难忘记的人们》共分两部分。第一部分（第三〇四至
四一四首）所记的是啄木在东北地方流浪时的见闻。啄木在
一九〇七年五月离开故乡，到函馆当《红苜蓿》的编辑，兼任
小学教员。八月里函馆大火，学校烧毁。他在九月去札幌，由
友人介绍，到小樽办报，在小樽日报社不久，他和诗人野口雨
情反对主笔，引起社内的纠纷，在十二月退职。一九〇八年一
月他入钏路新闻社，不到三个月又决意搞文学，四月到东京去。
42　海边蔷薇，原作滨蔷薇，又名滨茄子，因生于海滨，故名。
果实的形状像茄子，作黄红色，可生食。

306　约莫三回，

　　从列车窗里望过的街道的名字，

　　也觉得亲近了。

307　函馆的剃头铺的徒弟，

　　也回想起来了，

　　叫他剃耳朵很是舒服呀。

308　跟着我来到这里，

　　没有一个相识的人，

　　住在穷乡僻壤的母妻[43]。

309　想起津轻的海来，

　　妹妹的眼光如在目前，

_____

43　啄木到函馆后，他的母亲和妻子也跟来，住在青柳町，得到宫崎郁雨的不少帮助。

88

因了晕船变得柔和了 [44]。

310　闭了眼睛，

　　　念起伤心的诗句来的

　　　那友人来信的诙谐煞是可悲啊 [45]。

311　幼小的时候

　　　在桥栏上涂粪的事情，

　　　友人也感伤的说了。

312　恐怕一生也不要娶妻吧，

　　　笑着说话的友人啊，

　　　至今不曾娶呢。

44　日本本岛和北海道之间隔着津轻海峡，青森和函馆间有联
络船。
45　这首歌和第三一一、第三一二首都是咏红筲萡社同人岩崎
白鲸的，岩崎是个邮局的职员。

313　唉唉，那眼镜的

　　　框儿在寂寞的发光的

　　　女教师 [46] 啊。

314　友人给我饭吃了，

　　　却辜负了那个友人；

　　　我的性格多可悲呀。

315　函馆的青柳町煞是可悲哀啊，

　　　友人 [47] 的恋歌，

　　　鬼灯擎的花。

316　怀念故乡的

　　　麦的香气，

　　　女人的眉毛把人心颠倒了。

_____

46　指啄木在函馆弥生小学任教时的同僚高桥末子。

47　指红首蓿社社员。

317 闻着新的洋书的

　　　纸的香味，

　　　一心的想要得钱的时候。

318 白浪冲来喧嚣着的

　　　函馆的大森滨，

　　　在那里想过多少事情。

319 每天早晨

　　　都唱出中国的俗歌来的闹钟，

　　　我喜爱它，也是可悲啊。

320 叙述漂泊的忧愁

　　　没有写成功的草稿，

　　　字迹多么难读啊[48]。

_____

48 《漂泊》是啄木所作的一篇未完成的小说，作于一九〇七
年七月，登在《红苜蓿》杂志上面。

321　好几回想要死了，

　　　终于没有死，

　　　我过去又可笑又可悲。

322　函馆的卧牛山的山腹的

　　　石碑上的汉诗，

　　　有一半已经忘记[49]。

323　喃喃的

　　　口中说着什么高贵的事情，

　　　也有这样的乞丐。

49　函馆山上有"碧血碑"，是为了纪念明治维新时战死的幕府军士而立的。背面刻着汉诗："战骨全收海势移，纷华谁复记当时。鲸风鳄雨函山夕，宿草茫茫碧血碑。明治三十四年八月来展题之，东京鸭北老人宫本小一。"

324　请你把我看作一个不足取的男子吧，

　　　仿佛这样说着就入山去了，

　　　像神似的友人 [50]。

325　口里衔着雪茄烟，

　　　在波浪汹涌的

　　　海边夜雾中立着的女人。

326　趁陆军演习的闲暇，

　　　特地坐了火车

　　　来访的友人，和他共饮的酒啊 [51]。

327　每逢看见大川的水面，

　　　郁雨啊，

50　指大岛流人。他原来是红苜蓿社的主任，后因对人产生怀疑，就摆脱一切，隐居故乡。

51　这首歌和第三二七、第三二八首都是咏宫崎郁雨的。一九○七年郁雨由函馆商业学校毕业，进旭川陆军连队，当一年志愿兵，曾趁着演习的机会来看啄木。

我就想到你的烦恼。

328　空有着智慧

　　　和深深的慈悲,

　　　友人却无事可做的闲游着。

329　不得志的人们

　　　聚集了来饮酒的地方

　　　那是我的家里。

330　觉得悲哀就高声的笑,

　　　喝酒来解闷的

　　　比我年长的友人。

331　友人 [52] 年纪很轻,

<hr>

52　指小学教员吉野白村。他也是《红苜蓿》同人之一。

就已经是几个孩子的父亲了，

酒醉了就唱起歌来，像没有孩子的人一样。

332　像没有什么事似的笑声，

同酒一起，

仿佛沁进了我的心肠。

333　咬住了呵欠，

在夜车窗前告别，

那离别如今觉得不满意。

334　在雨湿的夜车的窗里

映照出来的

山间市镇的灯光的颜色。

335　下大雨的夜里的火车，

不住的有水点儿流下来的

窗玻璃啊。

336　半夜里

　　　在俱知安站[53]下车去的

　　　女人的鬓边的旧伤痕。

337　那个秋天我带到

　　　札幌去的，

　　　至今还带着的悲哀啊[54]。

338　日记上记着：

　　　秋风刮着街旁的洋槐，

　　　刮着白杨，煞是可悲啊。

53　北海道铁路的一站，在函馆和札幌之间。
54　这首歌表示啄木离开函馆后对桔智惠子的离别之情。桔智
　　惠子是啄木在函馆弥生小学校任教时的同僚。啄木和她只谈过
　　两次话，但对她产生了很深的印象，曾在日记里把她比作"矗
　　立的红百合"。《难忘记的人们》第二部分的二十二首歌都是
　　为了纪念她而作的。

339　沉沉的秋夜，

　　　在广阔的街道上

　　　有烧老玉米的香气。

340　在我住的地方，姐妹在争论，

　　　初夜已过的

　　　札幌的雨后[55]。

341　石狩的叫作美国的车站上，

　　　在栅栏上晾着的

　　　红布片啊[56]。

55　啄木在书简里说："札幌是好地方。如能安定的度日，很
想在这里住上五六年。札幌是伟大的乡村，美丽的树林的都市。
洋槐树的林子里秋风起来了。"啄木到札幌后，在北门新报社
当校对，寄住在北七条的田中家里，歌中所说是田中的女儿们。
56　这首歌也是纪念桔智惠子的，她的故乡在北海道的石狩。

342　可悲的是小樽的市镇啊，

　　　没有唱过歌的人们，

　　　声音多粗糙啊。

343　还有看相的人，

　　　像哭着似的摇着头说：

　　　"伸出手来给我看看 [57]。"

344　借到少许的钱走去了的

　　　我的友人的

　　　后影的肩上的雪。

345　不会处世，

　　　我不是私下里

　　　以此为荣么？

57　啄木到小樽后，入小樽日报社，寄居在花园町的一家煎饼
店里，隔壁住着一个看相的人，大门口挂着"姓名判断"的招牌。

346　曾经有人对我说过：

　　　"你那精瘦的身子

　　　全是反叛精神的凝结[58]。"

347　那年的那个新闻上

　　　我曾写过

　　　初雪的记事。

348　拿椅子要打我，

　　　摆出架势的那个友人的酒醉，

　　　现在也已醒了吧。

349　如今想来，

58　从第三四六到三五二这七首，都是讲小樽日报社的纠纷的。小樽日报社的主笔是岩泉江东，啄木和野口雨情很不满意岩泉，打算去掉他。报社的总务主任小林寅吉因而憎恨啄木，殴打了他。啄木愤而辞职。

输的是我，

引起争吵的也是我。

350　他说："我打你！"

我说："打吧！"就凑上前去，

从前的我也很可爱啊。

351　他在告别辞里说：

"你曾经三次，

把剑比在我的喉咙上。"

352　争吵了一场，

痛恨而别的友人，

我觉得他可怀恋的日子也到来了。

353　唉唉，那个眉目秀丽的少年 [59] 啊，

59　啄木在小樽时，爱好文学的青年们时常和他往来。这里的
少年是指高田治作，高田后成为实业家。

我叫他作兄弟,

他微微的笑了。

354　有个友人叫我的妻子替他缝衣服,

冬天来得早的

移民地啊。

355　用了手掌,

拭那风雪所湿的脸,

友人 [60] 是以共产为主义的。

356　饮酒的时候, 鬼似的铁青的

那张大脸啊,

那悲哀的脸啊。

60　指西川光二郎（一八七六至一九四〇年）。西川是日本早
期的社会主义者，但在一九一四年转向。一九〇八年社会主义
者在小樽寿亭举办讲演会，西川是讲演者当中的一个。啄木也
去听了。

357　要到桦太去，

　　创立新的宗教，

　　友人这么说了。

358　太平无事，

　　所以厌倦了，

　　这时期真可悲哀呀。

359　共同开药铺，

　　预备赚钱的友人，

　　后来说是骗了人。

360　苍白的颊上流着眼泪

　　谈到自己的死的

　　年轻的商人[61]。

61　指藤田武治，他也是小樽的爱好文学的青年。

361　背着孩子，

　　　在风雪交加的车站

　　　送我走的妻子的眉毛啊。

362　临别的时候，

　　　我和当初当作敌人憎恨的友人 [62]，

　　　握了半天手。

363　从出发的列车窗口，

　　　我首先伸进了头，

　　　为的是不肯服输。

364　下着雨雪，

　　　在石狩原野的火车里

62　指小林寅吉。

103

读着屠格涅夫的小说 [63]。

365 想着自己走后一定会有谣言，

　　　这样旅行真是可悲啊，

　　　有如去就死一般。

366 离别了，偶然一眼，

　　　无缘无故的，

　　　觉得冰冷的东西沿着面颊流下来了。

367 想起忘记带来的烟草，

　　　雪野里的火车不管怎么走，

　　　离山还远着呢。

368 在雪上流动的淡红色的

63　屠格涅夫的小说当时已陆续翻译出来。啄木喜欢看他的长篇小说《前夜》。

落日的影子，

照在旷野的火车的窗上。

369　忍着些许的腹痛，

　　　在长途的火车里

　　　吸着烟草。

370　同车的炮兵军官的

　　　佩剑的鞘子嘎喳一响，

　　　把思路打断了。

371　只知道名字，没有什么因缘的

　　　这个地方的客店很是便宜，

　　　像自己的家一样。

372　同伴的那个国会议员的

　　　张着口，青白的睡脸，

看去很是可悲啊。

373　心想今夜就尽量的哭吧，

　　　住了下来的旅店里，

　　　茶是微温的。

374　水蒸气

　　　在火车窗上结成了像花一样的冰，

　　　晓光把它染上了颜色。

375　寒风轰然吼叫着刮过之后，

　　　干燥的雪片飞舞起来，

　　　包围了树林。

376　空知川 [64] 埋在雪里，

────────

64　在北海道，是石狩川的一个支流。

鸟也不见，

岸边的树林里只有一个人。

377　以寂寞为敌为友，

也有人在雪地里，

度过了漫长的一生。

378　坐了火车很疲倦了，

还是断断续续的想，

这也是我的可爱的地方吧。

379　像唱歌似的叫那站名的，

年轻的站务员的

柔和的眼光还不能忘记。

380　雪的中间，

处处现出屋顶，

烟囱的烟淡淡的浮在半空。

381　从远的地方

　　　汽笛长长的响着，

　　　火车就要进入森林了。

382　并不想念什么事情，

　　　整整一天，

　　　专心听那火车的声响。

383　在最末的一站下来，

　　　趁着雪光，

　　　步入冷静的市镇。

384　皎皎的冰发着光，

　　　鹬鸟叫了，

　　　钏路的海上冬天的月亮。

385　在灯光底下，

　　　把冻了的墨水瓶用火烘着，

　　　眼泪流下来了。

386　只有面貌和声音，

　　　还和从前一样的友人，

　　　我在这国的边境 [65] 上也会见了他。

387　唉唉，在这国的边境，

　　　我喝着酒，

　　　像啜了悲哀的渣滓似的。

388　饮酒时悲哀就一下子涌上来，

　　　睡觉没做梦，

<hr/>

65　指钏路，在北海道东边。

心里也觉得愉快。

389　突然的女人的笑声

　　　直沁到身子里去，

　　　厨房的酒也冻了的半夜里。

390　有痛心于我的醉酒

　　　不肯唱歌的女人，

　　　如今怎么样了？

391　叫作小奴的女人的

　　　柔软的耳朵什么的

　　　也难以忘怀[66]。

392　紧挨在一起，

66　从这首歌起到第四〇三首这十三首歌，都是咏钏路的艺妓小奴的。小奴原名近江谐，由于喜欢文学，和啄木接近。

站在深夜的雪里，

那女人的右手的温暖啊。

393　我说："你不愿意死么？"

那个女人说："看这个吧。"

把喉间的伤痕给我看[67]。

394　本事和长相

都比她要好的女人，

对她说我的坏话。

395　有人说舞蹈吧，就站起来舞了，

直到因为喝了劣酒

自然的醉倒。

───────

67　据小奴说，她喉咙上的伤痕是淋巴腺开刀的疤痕，这是她
向啄木开玩笑说的话。

396　等我醉得几乎死了，

　　　对我说种种

　　　悲哀的事情的人。

397　人家问怎么样了，

　　　我在苍白的酒醉初醒的

　　　脸上装出了笑容。

398　可悲哀的是

　　　她那白玉似的手臂上

　　　接吻的痕迹。

399　我醉了低着头时，

　　　想要水喝睁开眼来时，

　　　都是叫的这个名字。

400　像慕着火光的虫一样，

惯于走进那

灯火明亮的家里。

401　在寒冷中把地板踏得嘎吱嘎吱响，

沿着廊子回来的时候，

不意中的接吻。

402　枕着那膝头，

可是我心里所想的

都是自己的事情。

403　哗啦哗啦的冰的碎块

乘着波浪作响，

我在海岸的月夜里往还。

404　最近听说情敌

已经死去，

那是个聪明过分的男子。

405　十年前所作的汉诗，

　　　醉了时就唱着，

　　　在旅行中老了的友人。

406　很想吸那寒冷的空气，

　　　每一呼吸

　　　鼻子就全冻了似的。

407　波浪也没有，

　　　在二月的海湾上，

　　　低浮着涂作白色的外国船只。

408　三弦的弦断了，

　　　孩子就像失火似的喧闹，

　　　大雪的夜里。

409　雪天的黎明，

　　阿寒山 [68] 像神似的

　　远远的显现出来。

410　说是在家乡

　　曾经投过河的女人

　　昨天晚上弹着三弦歌唱。

411　蒲桃色的

　　旧手册里存留着的

　　是那回幽会的时间与地点吧。

412　有些回忆

　　像穿脏的袜子似的

68　阿寒山有雄阿寒、雌阿寒两山，夹阿寒湖对立。

有很不爽快的感觉。

413　有个女人在我房间里哭了，

　　　有一天回忆起来，

　　　以为是小说里的事。

414　浪淘沙，

　　　我的旅行就像是

　　　颤悠悠的拉长声音唱歌似的 [69]。

二

415　这是什么时候了，

69　这首歌题作《北海回顾》，登在一九〇八年十二月号的《心
之花》杂志上。《浪淘沙》词，共有六首，其中第一首是：
　　　"白浪茫茫与海连，平沙浩浩四无边。
　　　暮去朝来淘不住，遂令东海变桑田。"

116

梦中忽然听见觉得高兴，

唉唉，那个声音好久没有听到了。

416　作为两颊冰冷的

流离的旅人，

我只说了那么几句问路般的话。

417　没有什么事似的说的话，

你也没有什么事似的听了吧，

就只是这点事情。

418　冰冷清洁的大理石上边，

静静的照着春天的太阳，

有着这样的感觉。

419　像专吸收世间的光明似的

黑色的瞳人儿，

至今还在眼前。

420　在那时候来不及说的

重要的话至今还

留在我的胸中。

421　像雪白的洋灯罩的

瑕疵一样，

流离的记忆总难消灭。

422　离去函馆的火烧场的夜晚，

心里的遗憾

至今还遗留着。

423　人家说的

鬈发垂散的可爱，

愿在写什么时的你身上看到。

424　到了马铃薯

　　　开花的时候了,

　　　你也爱好那个花吧。

425　像山里的孩子们

　　　想念山的样子,

　　　悲哀的时候想起你来了。

426　忘记了的时候,

　　　忽然的会有引起回忆的事情,

　　　终于是忘记不了。

427　听说是病了,

　　　也听说好了,

　　　隔着四百里[70]路,我是茫然了。

70　日本的一里约等于我国七点八里。

119

428　街上见到像你的身姿的时候，

　　　心就跳跃了，

　　　你觉得可悲吧。

429　那个声音再给我听一遍，

　　　胸中就完全明朗了吧，

　　　今晨也这么想。

430　匆忙的生活当中，

　　　时时这样的沉思啊，

　　　这都是为了谁的缘故。

431　愿有知心的友人，

　　　亲密的馨吐一切，

　　　那么你的事情也可以谈了吧。

口里衔着雪茄烟，

在波浪汹涌的

海边夜雾中立着的女人。

蒲桃色的长椅子上面，

睡着的猫白糊糊的，

秋天的黄昏。

432 在死以前愿得再会一回，

若是这样说了，

你也会微微点首的吧。

433 有时候

想起你来，

平安的心忽然的乱了，可悲啊。

434 离别以来年岁加多了，

对于你的思慕之情

却是一年年的增长了。

435 石狩市郊外的

你家里的

苹果花已经落了吧。

436   很长的书信,

三年之内来了三次,

我大概去过四次信吧。

脱手套的时候 [71]

437　脱手套的手忽然停住了，

　　　不知怎的，

　　　回忆掠过了心头。

438　不知道在什么时候，

　　　学会了假装，

　　　胡须也是在那时候留的吧。

439　在早晨的澡堂里，

　　　后颈枕在澡盆的边上，

　　　缓缓呼吸着，想着事情。

440　夏天来了，

71　这卷是杂咏，用第一首的首句作题目，大约是在一九一〇年秋间作的。

含嗽药沁进有病的牙齿，

这早晨多欢喜呀！

441　细细的看着我的手，

回想起来了，

那个很会接吻的女人。

442　寂寞的是

因为眼睛对颜色不熟悉，

就叫人买红色的花。

443　买新书来读的夜半，

这个快乐也是

长久的不能忘记。

444　旅行了七天

回来了的时候，

我的窗口的红墨水的痕迹也可亲啊。

445　旧纸堆里发见的

　　　污染了的

　　　吸墨纸也觉得可亲。

446　积在手里的雪的融化,

　　　很是愉快的

　　　沁进了我的睡足了的心。

447　暗淡下去的纸门的日影,

　　　看着这个,

　　　心里也不知不觉的阴暗起来了。

448　夜间飘着

　　　药的香气,

　　　是医生住过的人家。

449　窗户玻璃，

　　　因为尘土和雨水而昏暗了的窗户玻璃，

　　　也有着它的悲哀。

450　六年左右每天每天戴着的

　　　旧帽子呀，

　　　还是弃舍不得。

451　很愉快的

　　　贪着春眠的眼睛，

　　　看去很柔软的庭院的草啊。

452　远远连接的红砖的高墙

　　　显出紫色，

　　　春天的日脚长了。

453 春天的雪

在银座后街的三层砖房上

柔软的落下 [72]。

454 在肮脏的砖墙上，

落下了融化，落下了融化的

春天的雪呀。

455 眼睛有病的

年轻女人依靠着的

窗户，春雨冷清清的打在上面。

456 随处漂浮着

新的木材的香气的

新开路的春天的寂静。

72　这首歌是啄木在东京朝日新闻社当校对时作的。啄木在
一九〇九年二月入朝日新闻社，社址在银座西边的后街泷川町。

129

457 春天的街道，

看着写得很清楚的女人名字的

门牌，走了过去。

458 不知道什么地方，

有烧着橘子皮似的气味，

天色已近黄昏了。

459 很热闹的年轻女人的集会的

声音已经听厌，

觉得寂寞起来了。

460 在什么地方，

有死了年轻女人般的烦恼的感觉，

春天的雨雪落下了。

461　白兰地醉后的

那种柔和的

悲哀漫然的来了[73]。

462　把白盘子

揩好了落在搁板上的

酒馆角落里的悲哀的女人。

463　干燥的冬天的大路上，

不知在什么地方

潜藏着石炭酸的气味。

464　红红的映着落日，

在河边的酒馆窗口的

73　从这首到第四六五首歌是咏酒场的。一九〇九年三月啄木
和北原白秋（诗人）、太田正雄（笔名木下太郎，诗人、戏剧家）
相识，常常在一起喝酒。

131

雪白的脸庞啊。

465　新鲜的拌生菜碟子上的

醋的香气沁进了心里，

那悲哀的黄昏。

466　从淡蓝色的瓶里

倒出山羊乳的手的颤抖，

觉得挺可爱的。

467　穿衣镜里的

为气息所遮住的

酒醉时昏暗的眼珠的悲哀啊。

468　一时安静下来的

傍晚的厨房里，

剩下的火腿的香味啊。

469　在冷清清的排列着瓶子的搁板前面，

剔着牙齿的女人，

看去是很悲哀的。

470　交换了很长的接吻后分别了，

深夜的街上

远远的失了火。

471　病院的窗口在傍晚

有微白的面庞出现，

我依稀记得那个脸。

472　记不得是什么时候

在大河的游船上跳舞的女人，

也回忆起来了。

473　没有事情的信冗长的写了一半，

忽然觉得冷静了，

走到街上去。

474　吸着潮湿的卷烟，

我所想的事情

大概也都微微的潮湿了。

475　很敏锐的

感着夏天的到来，

嗅着雨后小院的泥土的香味。

476　在装饰得很凉快的

玻璃店前面

眺望的夏夜的月亮。

477　说是你要来，很快的起来了，

　　　　这一天直惦记着

　　　　白衬衫的袖子脏了。

478　心神不定的我的弟弟[74]

　　　　这些日子的

　　　　眼光的昏沉也是很可悲啊。

479　什么地方有打桩的声音，

　　　　有滚着大桶的声音，

　　　　雪下起来了。

480　夜里没有人的办公室里，

　　　　电话铃骇人的响了

　　　　随后又停了。

74　啄木没有弟兄，这里是指斋藤佐藏。啄木在涩民小学领导
学生罢课时，斋藤在盛冈中学读书，啄木把他当作弟弟一样爱护。

481　醒了过来，

　　　过了一会儿进到耳朵来的

　　　半夜以后的说话声音。

482　看着看着表就停了，

　　　好像被吸住了的样子，

　　　心也寂寞起来了。

483　每天早晨

　　　觉得含嗽药水的瓶子冰凉了，

　　　已经是秋天了。

484　在麦苗青青的斜坡的

　　　山脚下的小路上

　　　拾得了红的小梳子。

485　斑驳的日影进入了

后山的杉树林，

秋天的午后。

486　海港的街市，

把呼噜噜鸣叫着兜圈子的鹞鹰

也给压低了的潮雾啊。

487　看着小春日光在毛玻璃上

映出的鸟影，

漫然的有所思了。

488　高高低低的屋檐

好像并排游泳着的样子，

冬天的阳光在上面舞蹈。

489　京桥的泷山町的

新闻社，

点灯的时候好忙呀。

490　从前很容易生气的我的父亲[75]

近日不生气了，

但愿他还是生气吧。

491　早晨的风吹进电车来的

柳树的一片叶子

拿在手里看着。

492　觉得伤心，难以忍受的一天，

无缘无故的想看看海，

来到了海边。

75　一九〇九年啄木在东京本乡弓町定居，六月里把母亲和妻子接来，十二月里他父亲也来和他同住。

493　平坦的海看厌了，

转过身去，

把眼睛看花了的红带子啊。

494　今天遇见的街市的女人，

一个个都像是

失了恋回去的样子。

495　坐火车旅行，

野地里的某个停车场的

夏天的草香觉得很可怀念。

496　清早起来，

好容易赶上的初秋旅行的火车的

坚硬的面包啊。

497　在那回旅行的夜车的窗口，

想到了

我的前途的悲哀。

498　忽然看时，

某个树林的车站的钟停住了，

雨夜的火车。

499　离别了来了，

灯火暗淡的夜里靠着火车窗，

摆弄那绿色的小苹果。

500　时常来的

这家酒店的悲哀呀，

夕阳红红的射到酒里。

501　像白莲开在沼泽里一样，

悲哀在醉酒的中间

清楚的浮了出来。

502　隔着板壁,

　　　听着年轻女人的哭声,

　　　旅中客栈的秋天的蚊帐啊。

503　取出去年的夹衣来,

　　　很可怀念的香味沁进身子里去,

　　　初秋的早晨。

504　心里着急的左膝的疼痛,

　　　什么时候就好了,

　　　秋风吹了起来。

505　卖来卖去的

　　　只剩下了翻得很脏的德文字典,

　　　夏天到了末尾了。

506 没有缘故的憎恶着的友人

什么时候变得要好了,

秋天渐渐的深了。

507 红纸书面污损了的

国家禁止的书 [76],

从箱底里找出来的这一天。

508 禁止售卖的

书的作者,

秋天早晨在路上相遇了。

509 从今天起,

从我也打算呷酒的这一天起,

---

76 指啄木搜集的无政府主义者的著作,这种书被当时的日本
反动政府所禁止。

秋风吹了起来。

510　大海的角落里

　　　排列着的各个岛上

　　　秋风吹了起来。

511　友人的妻子啊，只有她那湿润的眼睛，

　　　和眼睛底下的黑痣，

　　　老是引人注意。

512　什么时候看见

　　　都在滚着毛线球，

　　　编着袜子的女人。

513　蒲桃色的长椅子上面，

　　　睡着的猫白糊糊的，

　　　秋天的黄昏。

514　细细的

　　这里那里有虫叫着，

　　白天走到原野上来读信札。

515　夜间很晚开门来看，

　　白色的东西在院子里跑，

　　大概是狗吧。

516　夜里二时的窗户玻璃，

　　染着淡红色，

　　没有声音的火灾的颜色。

517　悲哀的恋爱呀，

　　独自嘟嚷着，

　　在夜半的火盆里添上了炭。

518　将手按在

　　　雪白的灯罩上,

　　　寒夜里的沉思。

519　同水一样,

　　　浸着身子的悲哀,

　　　有葱香混杂着的晚上。

520　有时候发笑了

　　　装作猫什么的叫声,

　　　三十左右的友人的独居。

521　像怯弱的斥候似的,

　　　心里惊惶着

　　　在深夜的街道上独自散步。

522　皮肤上全是耳朵似的，

　　　在悄悄睡着的街上的

　　　沉重的靴声。

523　夜间很晚的走进车站，

　　　站一会儿又坐下

　　　随即走出去了的没有帽子的男人。

524　注意来看时，

　　　潮湿的夜雾降下来了，

　　　长久的在街上彷徨着呀。

525　假如有时请给点烟草吧，

　　　走近前来的流浪的人，

　　　我和他在深夜里谈话。

526　像是从旷野里回来的样子，

回来了的时候

独自在东京的夜里行走着。

527 银行的窗户底下，

铺石的霜上洒着

蓝墨水的痕迹。

528 雪天的原野路上，

看着画眉鸟

在树丛里跳跃着游戏。

529 十月早晨的空气，

有个婴孩

初次知道了呼吸[77]。

77 啄木在一九一〇年十月四日得一男孩，起名叫真一。

530　十月的产科医院，

　　　在潮湿的长廊上

　　　往复的行走呀。

531　有个垂下紫色的袖子，

　　　看着天空的中国人，

　　　公园的午后。

532　来到公园里独自散步，

　　　觉得像是触到了

　　　婴儿的肌肤。

533　好久没来的公园里，

　　　遇见了友人 [78]，

　　　紧握着手，快嘴的说话。

78　指北原白秋。

534　公园的树木中间

　　　小鸟游戏着，

　　　看着它，暂时休息吧。

535　晴天来到公园里，

　　　一面走着，

　　　知道自己近来衰弱了。

536　筱悬木的叶子落下来触着了我，

　　　以为是记忆里的那个接吻，

　　　吃了一惊。

537　在公园角落里的长板凳上，

　　　见过两次的男子，

　　　近来看不见了。

538　公园的悲哀啊，

　　　自从你出嫁以来，

　　　已经有七个月没有来了。

539　公园的一个树荫底下的，

　　　空椅子，将身子靠在上面

　　　心里老是想不通。

540　不能忘记的脸啊，

　　　今天在街上

　　　为捕吏 [79] 牵走的带着笑的男子。

541　擦了火柴，

　　　从二尺来宽的光里

　　　横飞过去的白色的蛾。

79　指警察。

542　闭了眼睛

轻轻的试吹着口哨，

靠着不眠之夜的窗口。

543　我的友人啊，

今天也背着没有母亲的孩子

在那城址彷徨吧。

544　夜深了，

从办公的地方回来，

抱着刚才死了的孩子[80]。

545　临死的时候

说是微微的叫了两三声，

勾出我的眼泪来了。

80　真一是在十月二十七日死的，从这一首到第五五一首都是
为了追忆真一的死而作的。

546　雪白的萝卜的根肥大的时候，

　　　肥胖的生了下来，

　　　不久就死去的孩儿。

547　晚秋的空气

　　　差不多只吸了三平方尺

　　　就此去了的我的儿子。

548　一心注视着

　　　在死儿胸前刺进注射针的

　　　医生的手。

549　好像对着没有底的谜似的，

　　　又把手放在

　　　死儿的额上。

550　比悲哀还要强的

寂寞之感啊,

虽然我的孩儿的身体冷下去了……

551　悲哀的是

到天明时还余留着的

呼吸已绝的孩儿的肌肤的温暖。

可悲的玩具

这个歌集原名《<一握砂>以后》，下面注着："自四十三年（一九一〇年）十一月末起。"一九一二年春天啄木贫病交迫，四月初由友人土岐哀果经手，将歌集交东云堂书店出版。书名因为容易和《一握砂》相混，土岐把它改为《可悲的玩具》，是从啄木的《歌的种种》这篇论文里引的。原句是："……我的生活总是现在的家族制度，阶级制度，资本主义制度，知识买卖制度的牺牲。"

"我转过眼睛来，看见像死人似的被抛弃在席上的一个木偶，歌也是我的可悲的玩具罢了。"

根据岩波书店版《啄木全集》第一卷译出。

1　　呼吸的时候

　　　胸中有一种声响，

　　　比冬天的风还荒凉的声响！

2　　虽是闭了眼睛，

　　　心里却什么都不想。

　　　太寂寞了，还是睁开眼睛吧。

3　　半路里忽然变了主意，

　　　今天也不去办公，

　　　在河岸彷徨了。

4　　嗓子干了，

　　　去寻找还开着门的水果店

　　　在秋天的深夜里。

5   出去玩耍的小孩¹不回来;

把玩具的火车头

拿了出来试走着看。

6   说想买书，想买书，

虽然没有暗地讽刺的意思，

试向着妻子说了。

7   想去旅行的丈夫的心!

数说，哭泣的妻子的心!

早晨的饭桌!

8   走出家门大约五町²的样子，

像是有事情的人那么的

---

1 啄木的长女京子生于一九〇六年十二月三十日，这里就是
指她。

2 一町约一〇九公尺。

158

走走看——

9 按着疼痛的牙齿，

看太阳红红的

在冬天的朝雾中升起。

10 好像是要永久走着的样子，

思想涌上来了，

深夜里的街道。

11 可怀念的冬天的早晨啊，

喝着开水，

热气很柔和的罩上脸来。

12 不知怎么的

今晨我的心似乎稍微快活一点，

来剪指甲吧。

13　茫然的

　　注视着书里的插画，

　　把烟草的烟喷上去看。

14　中途没有换乘的电车了，

　　差不多想要哭了，

　　雨又在落着。

15　每隔两夜，

　　在夜里一点钟走上坡路 [3]，

　　这也是为了办公去啊。

16　似乎沉沉的

3　原文作"切通之坂"，意思是切开山坡修成的路，此处指本乡和上野间的坡路。啄木到朝日新闻社的时候乘电车往还，但值夜班时因时间太晚，没有电车了。

浸在酒的香气里，

脑子里感到沉重就回来了。

17　　今天又有酒喝了！

明知喝了酒，

会要恶心。

18　　我现在喃喃的说着什么，

这样的想着，

闭了眼睛赏玩着醉中的趣味。

19　　爽然的醉醒了的愉快啊，

夜里起来了，

来磨墨吧。

20　　半夜里来到凸出的窗口，

在栏杆的霜上

冰一冰我的手指尖。

21　无论怎样都随便吧，

　　我近来仿佛这样说，

　　独自感到恐怖了。

22　手脚似乎都分散了似的

　　慵懒的睡醒！

　　悲哀的睡醒！

23　摊开了家乡不漂亮的报纸，

　　试捡出错排的字，

　　今晨的悲哀啊。

24　有谁肯把我

　　尽量的申斥一顿呢，

　　这样想是什么心情啊。

想叫它一夜里开花来看，
　用火烤那梅花的盆，
　　却是没有开呀。

163

夜里睡着也吹口哨，
口哨乃是
十五岁的我的歌。

25   每朝每朝

      摩挲着腿感着悲哀,

      压在下边睡的腿稍微有点麻了。

26   如同在旷野里走的火车一样,

      这个烦恼啊,

      时时在我的心里穿过。

27   来到了郊外,

      不知怎的,

      好像是给初恋的人上坟似的。

28   像是回到了

      可怀念的故乡了,

      坐了好久没有坐的火车。

29　我相信新的明天会到来，

　　自己的话

　　虽然是没有虚假——

30　仔细一想，

　　真是想要的东西似有而实无，

　　还是来擦烟管吧。

31　看着很脏的手——

　　这正如对着近日的

　　自己的心一样。

32　洗着很脏的手时的

　　轻微的满足

　　乃是今天所有的满足了。

33   今天忽然怀念山了，

　　　来到了山里，

　　　且寻找去年坐过的石头吧。

34   起晚了，没有看报的时间了，

　　　像是欠了债的样子，

　　　今天也这样的感到了。

35   过了新年放松了的心情，

　　　茫然的好像是

　　　忘记了过去的一切。

36   昨天以前从早到晚紧张着的

　　　那种心情，

　　　虽然想不要忘记。

37   门外面有打毽子的声音，

有笑的声音，

好像是回到去年的正月似的了。

38 不知道为什么，

今年好像有好事情。

元旦的早晨是晴天，也没有风。

39 从肚子底里要打呵欠的模样，

长长的试打呵欠来看，

在今年的元旦。

40 每年总是

写上差不多相像的两三首歌

寄贺年信来的友人。

41 到了正月四日，

那个人的

一年一回的明信片也寄到了。

42 老是想世上行不通的事情的

  我的头脑啊，

  今年也是这样么?

43 人家都是

  朝着相同的方向走去。

  站在一旁来看这个的心情啊。

44 这个已经看厌了的匾额，

  让它那么挂着

  挂到什么时候为止呢?

45 就像那蜡烛

  一点点的燃完的样子，

  到了夜里的大年夜呀。

46　靠着青色的陶制火盆，

　　闭了眼睛，又张开眼睛，

　　在珍惜着时光。

47　漫然觉得明天会有好事情的想头，

　　自己申斥了，

　　随即睡觉了。

48　也许过去一年的疲劳都出来了吧，

　　说是元旦了，

　　却总是迷蒙的睡。

49　不知怎的

　　那由来很可悲的

　　元旦午后的渴睡的心情。

50   一心凝视着

橘皮的汁所染的指甲

心里多无聊。

51   拍着手掌

等那睡眼蒙眬的回答似的

那种着急的心情！

52   把不得已的事情忘记了来了——

这是因为中途上

吃了一粒丸药的关系。

53   连头带脸的蒙上被子，

蜷缩着两脚，

伸出舌头来，并不是对着什么人。

54　不知不觉的正月已经过去，

　　我又照老样子

　　过起生活来了。

55　同神灵议论得哭了——

　　那个梦啊，

　　四天前的早晨的事 [4]。

56　把回家去的时间，

　　当作惟一等候着的事情，

　　今天也是这样的工作了。

57　种种的人的意见，

　　难以臆测，

　　今天也是温顺的过去了。

_____

4　啄木在一九一一年三月二日写给宫崎郁雨的信中引用了这首
歌，并且说，他曾梦见和神议论，反复对神说："我所要求的
是合理的生活。……"

172

58   我要是这个报纸的主笔的话，

想要做的事

有多少啊！

59   这是石狩的空知郡的

牧场的新嫁娘

寄来的黄油啊[5]。

60   下巴颏埋藏在外套的领子里，

夜深时站下来听着，

很相像的声音呀！

61   Y 字的符号

———————

5   这首歌是咏桔智惠子的，登在一九一一年二月号的《创作》杂志上。啄木在同年一月九日给濑川深的信中说，桔智惠子在头年五月结婚了，婚后曾给他寄来了当地所产的黄油。

旧日记里处处见到——

Y字可能就是那人的事吧。

62　说是许多农民都戒酒了，

再穷下去，

将戒掉什么呢?

63　睡醒时那一刹那的心啊，

老人出奔的记事

想起来就落泪了[6]。

64　我的性格

不适于与人家共事，

睡醒时这样的想。

6　一九一一年九月啄木的父亲第二次出走，到北海道室兰去，
原因是家中贫困，常闹纠纷。

65　不知怎的，

　　觉得和我的想法一样的人，

　　似乎意外的多。

66　对着比自己年轻的人，

　　吐了半天的气焰，

　　自己的心也乏了！

67　这是少有的事，

　　今天骂着议会，流出了眼泪，

　　觉得这是很可喜的。

68　想叫它一夜里开花来看，

　　用火烤那梅花的盆，

　　却是没有开呀。

69　不小心打破了一只饭碗，

破坏东西的愉快，

今晨又感到了。

70   试拉着猫的耳朵，

喵的叫了，

听着惊喜的孩子的脸啊。

71   为什么会这样的软弱，

屡次申斥着怯懦的心，

出门借钱去。

72   无论怎么等着等着，

应来的人总没有来的这一天，

把书桌搬来放在这里。

73   旧报纸！

哎呀，这里写着称赏我的歌的话，

虽然只是两三行。

74   搬家的早晨落在脚边的

    女人的照片

    忘记了的照片!

75   那时候并没注意到,

    假名[7]写错的真多呀,

    从前的情书!

76   八年以前的

    现在的我的妻子的成捆的信札,

    收在什么地方了呢,有点挂怀了。

77   失眠的习惯的悲哀呀,

有一点儿渴睡

就仓皇的去睡觉。

78　要笑也不能笑了——

找了半天刀子

原来是在手里。

79　这四五年来

仰看天空的事一回都不曾有过。

这样的事也会有的么?

80　不用原稿纸,

字是写不成的,

这样坚信的我的孩子的天真啊。

81　好容易这个月也平安的过去了,

此外也没有贪图,

大年夜的晚上呀。

82　那时候常常的说谎，
　　坦然的常常的说谎，
　　想起来汗都出来了。

83　旧信札呀，
　　五年前，同那个男子
　　曾那样亲近的交往过呀！

84　名字叫什么呀，
　　姓是铃木，
　　现今在哪里干什么事呢？

85　看着那写着"生产了"的明信片，
　　暂时间
　　现出爽快的脸色来了。

86　　"看哪，

　　　　那个人也生了孩子了。"

　　　　仿佛安心了似的睡下了。

87　　"石川是个可怜的家伙。"

　　　　有时候自己这样的说了，

　　　　独自悲伤着。

88　　推开房门迈出一只脚去，

　　　　在病人的眼里

　　　　是无穷尽的长廊子啊 [8]。

89　　仿佛感到

8　从这首到第九七首歌，共十首；原题《病院之窗》，发表在《文章世界》杂志一九一一年三月号上。当年二月四日啄木因患慢性腹膜炎入医院，三月十五日才出院，这些歌是在医院里作的。

放下了重荷的样子，

来到这病床上睡下了。

90　"那么性命不想要了么？"

给医生说了，

这才沉默了的心啊。

91　半夜里忽然醒过来，

没有理由的想要哭了，

蒙上了棉被。

92　向他说话没有回答，

仔细看时却在哭着呢，

那邻床的病人。

93　靠着病房的窗户，

看见了好久没见着的警察，

觉得很高兴呀。

94　　晴天的悲哀的一种，
　　　靠着病房的窗户，
　　　玩味着烟草。

95　　夜里很迟了，有个病房里那么喧扰，
　　　是什么人将死了吧，
　　　我屏住了气息。

96　　来把脉的护士的手，
　　　有很温暖的日子，
　　　也有冰冷而且硬的日子。

97　　进医院来的头一夜，
　　　就立即睡着了，
　　　觉得心里不满意。

98　　不知怎的觉得

　　　　自己仿佛是个伟大的人哩，

　　　　真是孩子气。

99　　抚摸着鼓胀的肚皮，

　　　　在医院的床上

　　　　独自感到悲哀。

100　　醒过来时身体疼痛，

　　　　一动不能动，

　　　　几乎想哭了，等待着天明[9]。

101　　湿淋淋的出了盗汗，

　　　　天快亮的时候

────────

9　从这首到第一一四首歌，共十五首，原题《在寝台上》，发表在《创作》杂志一九一一年三月号上，也是在医院里作的。

还未清醒的沉重的悲哀。

102　模糊的悲哀的感觉

　　　每到夜里

　　　就偷偷的来到这病床上。

103　凭了医院的窗户，

　　　望着形形色色的人们

　　　精神抖擞的走着。

104　"已经看穿了你的心了！"

　　　梦里母亲来了说，

　　　哭着又走去了。

105　像是所想的事情被偷听去了似的，

　　　突然的把胸脯退开了——

　　　从听诊器那里。

106 心里悄悄的愿望

自己的病变得重到

让护士彻夜的忙。

107 到了医院里，

我又恢复了本来的样子，

怜爱起妻和孩子来了。

108 今天早晨刚想着——

不要再说谎了——

但是现在又说了一个慌。

109 不知怎的

总觉得自己是虚伪的硬块似的，

将眼睛闭上了。

110　将今天以前的事情

　　都当作虚伪去看了，

　　然而心里一点也得不到安慰。

111　说要去当军人，

　　叫父母很苦恼的

　　当年的我啊。

112　恍恍惚惚的，

　　胸中描画出来

　　提着剑，骑着马的自己的姿态。

113　姓藤泽的国会议员，

　　我把他看作兄弟一样，

　　曾经为他哭过呢。

114　常常这样的愿望：

　　　干下一件什么很大的坏事，

　　　却装出若无其事的样子。

115　"请静静的睡着吧。"

　　　有一天医生这么说，

　　　像是对小孩说话似的[10]。

116　从冰袋底下，

　　　眼睛里发着光，

　　　　睡不着的夜里憎恨着人。

117　春雪纷飞，

　　　用发热的眼睛

　　　悲哀的眺望着。

10　从这首到第一二一首歌，以及从第一二八首到第一三〇首
歌，原题《病中十首》，发表在《精神修养》杂志一九一一年
四月号上。

118　人间最大的悲哀

　　　　就是这个么?

　　忽然将眼睛闭上了。

119　　　查病房的医生多迟慢啊

　　　　把手放在疼痛着的胸上,

　　　　紧闭着双眼。

120　定睛看着医生的脸色,

　　　　别的什么也不去看——

　　　　　胸前疼痛加剧的一天。

121　　　生了病心也会弱了吧!

　　　　各式各样的

　　　　要哭的事情都聚到心中来了。

122　躺着读的书本的重量，

　　　拿得疲劳了，

　　把手休息一下，独自沉思着。

123　今天不知为了什么，

　　　两回三回

　　　总想要一个金壳子的表。

124　什么时候一定想要出的书的事情，

　　封面的事情，

　　　说给妻子听了[11]。

125　胸前疼痛了，

11　这里所说的想出的书，是指啄木本来想和土岐哀果共同编辑的杂志《树木和果实》。一九一一年二月号的《昴星》上曾登出广告说，这个杂志是红封面，黑色标题，办杂志的宗旨是反映社会现象和澎湃的人民生活的内部活动。这个杂志本来打算在三月出版，因为啄木生了病，就没有刊行。

春天的雨雪落下的一天。

　　喝药噎住了，躺下了，闭着眼。

126　新鲜的拌生菜的颜色

　　　真可喜悦啊，

　　　拿起筷子想尝一尝——

127　斥责小孩，可哀啊这个心，

　　　妻啊，不要以为

　　　这只是发高烧时的脾气啊。

128　半夜里睡醒觉得棉被沉重时，

　　　几乎这样猜疑了：

　　　命运压在上面了吧。

129　虽然觉得口渴得难受，

　　　连伸出手去

拿苹果也懒得动的一天。

130　冰袋融化了，变得温暖了，

　　　自然而然的醒过来，

　　　　觉得身体疼痛。

131　现在，梦中听见布谷鸟叫了。

　　　　不能忘记布谷鸟，

　　　　也是可悲哀的事情 [12]。

132　离乡五年了，

　　　　得了疾病，

　　　梦里听到布谷鸟的叫声。

133　布谷鸟啊！

12　从这首到第一五二首歌，共二十二首，原题《病后》，发
表在《新日本》杂志一九一一年七月号上。

围绕着涩民村的山庄的树林的

黎明真可怀念呀。

134　来到故乡寺院旁边的

扁柏树顶上

叫着的布谷鸟啊！

135　把脉的手的颤抖

煞是可悲呀，

给医生申斥了的年轻的护士。

136　不知什么时候就记住了——

叫作 F 的护士的手

是冰凉的。

137　哪怕一回也罢，

想走到尽头去看看，

那个医院的长廊。

138　起来试试，

　　又立即想睡下去时，

　　　　疲倦的眼睛所看见的郁金香。

139　连紧握的力气都没有了的

　　瘦了的我的手

　　　　真是可怜啊。

140　想着我的疾病

　　　　那原因是深而且远啊，

　　闭了眼睛想着。

141　可悲的是

　　　　我有不愿意生病的心：

　　这是什么心啊。

142　想要一个新的身体，

　　　　抚摩着

　　　　手术的伤痕。

143　吃药的事情也忘记了，

　　　　莫名其妙的

　　　　觉得是令人宽慰的长病啊。

144　叫作波洛丁 [13] 的俄国人的名字，

　　　　不知怎的

　　　　有时候一天几遍的回想起来。

145　不知什么时候走到我的旁边，

　　　　握我的手

─────────

13　波洛丁是俄国无政府主义者克鲁泡特金（一八四二至
一九二一年）的化名。

194

又不知什么时候走去了的人们。

146　友人和妻子也似乎觉得可悲吧——

　　　生着病，

　　　革命的话却还是不绝于口。

147　从前觉得有些距离的

　　　恐怖主义者[14]的悲哀的心情——

　　　　有一天也觉得接近了。

148　这样的景况，

　　　已经遇着过几回了呀!

　　　现在只想任凭它去算了。

149　一个月只要有三十块钱，

<hr>

14　原文是英语"terrorist"的译音，指对统治者采取恐怖手段的人，此处指克鲁泡特金。

在乡下就可以安乐的过日子——

忽然这样的想。

150　今天胸前又疼痛了。

心想要是死的话，

就到故乡去死也罢。

151　不知不觉已是夏天了。

用刚病好的眼睛看来觉得愉快的

雨后的光明。

152　病了四个月——

那些时时变换的

药的味道也觉得可怀念。

153　病了四个月——

这其间很明显的看出

我的孩子长高了，也可悲啊 [15]。

154　看着壮健的

越长越高的孩子，

我却越来越寂寞了，是为什么呢？

155　叫孩子坐在枕头旁边，

眈眈的看着她的脸，

看得她逃走了。

156　平常老把孩子

当作麻烦的东西，

不知不觉这个孩子已经五岁了。

157　不要像父母，

也不要像父母的父母——

你的父亲是这样想呀，孩子！

158　可悲的是，

（我也是这样的啊）

申斥也罢，打也罢，都不哭泣的孩子的心！

159　"工人""革命"这些话，

听熟了记得的

五岁的孩子。

160　放开嗓子

唱歌的孩子啊，

有时候也夸一夸她。

161　不知想着什么——

孩子放下了玩具，乖乖的

来到我的旁边坐下了。

162 讨点心的时间 [16] 也忘记了，

孩子从楼上眺望

街上来往的行人。

163 新的墨水的气味，

沁到眼里的悲哀啊，

不知不觉庭院已发绿了 [17]。

164 注视着席子的一处的刹那

所想的是什么事，

妻啊，你叫我说出来吗？

---

16 日本习惯，小孩子在下午三点钟吃一次点心。

17 从这首到第一七七首歌，共十五首，原题《某日之歌》，
发表在《层云》杂志一九一一年七月号上。

165　那年的春末的时候，

　　　生了眼病所戴的黑眼镜——

　　　　　已经坏了吧。

166　忘记了吃药，

　　　　好久以来头一次听见

　　　母亲的申斥，觉得是可喜的事情。

167　把枕边的纸窗开了，

　　　眺望天空也成了习惯——

　　　　　因了长久的卧病。

168　心情变得像

　　　　驯良的家畜一样，

　　　热度较高的日子感到百无聊赖。

169　想写点什么看看，

拿起钢笔来了——

　　花瓶里的花正是新鲜的早晨。

170　这一天我的妻子的举动

　　　像是解放的女人 [18] 似的

　　　我凝视着西番莲。

171　有如等待着没有指望的钱，

　　　睡了又起来，

　　　　今天也是这样过去了。

172　什么事情都觉得厌烦了，

　　　这种心情啊。

　　　　想起来就吸烟吧。

18　见《一握砂》注释 15。

173　这是在某市时的事情，

　　　友人所说的

　　　恋爱故事里夹着假话的悲哀呀。

174　好久没有这样了，

　　　忽然出声的笑了——

　　　觉得苍蝇搓着两手很是可笑。

175　胸前疼痛的日子的悲哀，

　　　也像香气很好的烟草一样，

　　　有点儿舍不得呀。

176　想要引起一场骚乱来看看，

　　　刚才这样想的我，

　　　也觉得有点可爱。

177　不知为什么，想给五岁的孩子

起个叫索尼亚[19]的俄国名字，

　　叫了觉得喜欢。

178　处身于难解的

　　不和当中，

　　　今天又独自悲哀的发怒了[20]。

179　要是养了一只猫，

　　那猫又将成为争吵的种子——

　　　我的悲哀的家。

180　放我一个人到公寓里去好不好，

　　　今天又几乎要

19　索尼亚是索菲亚的爱称。此处指索菲亚·里沃芙娜·皮罗夫斯卡雅（一八五三至一八八一年），俄国民粹派初期的女革命家。她积极参加了一八八一年三月一日谋刺亚历山大二世的暗杀组织，四月三日被处死刑。

20　从这首到第一九四首歌，共十七首，原题《养了一只猫》，发表在《诗歌》一九一一年九月号上。

说出来了。

181　有一天忽然忘了在生病，

试学着牛叫——

　　当妻子没在家的时候。

182　悲哀的是我的父亲！

　　今天又看厌了报纸，

　　在院子里同蚂蚁玩耍去了。

183　我这个

独生的男孩长成这个样子，

　　父母也觉得很悲哀吧。

184　连茶都戒了

祈祷我的病愈的

　　母亲今天又为了什么发怒了。

一天早晨从悲哀的梦里醒来时，
鼻子里闻到了
煮酱汤的香气！

来到故乡寺院旁边的

扁柏树顶上

叫着的布谷鸟啊！

185　今天忽然想和附近的孩子们玩耍，

　　　叫了却不肯来，

　　　　心里觉得很别扭。

186　病了治不好，

　　　也没有死，

　　　　心情一天比一天坏下去的七月和八月。

187　买来的药

　　　已经完了的早晨寄到的

　　　　友人 21 惠赠的汇票多可悲呀。

188　斥责孩子，

　　　她哭着睡着了。

21　指宫崎郁雨。

伸手摸一摸那稍微张着嘴的睡脸。

189　　无缘无故的，

　　　起来时觉得肺似乎变小了，

　　　　快到秋天的一个早晨。

190　　秋天快到了！

　　　　手指的皮触着了电灯泡，

　　　　暖暖和和的觉得很可亲啊。

191　　在午睡的孩子的枕边，

　　　买个洋娃娃来摆上，

　　　　独自觉得高兴。

192　　我说基督是人，

　　　妹妹的眼睛里带着悲哀的样子，

　　　　在可怜我了。

193　叫人把枕头摆在廊沿上，

　　　好久没有这样了，

　　　且来亲近傍晚的天空吧。

194　在院子外边有白狗走过去了，

　　　回过头来和妻子商量着：

　　　"我们也养一只狗吧。"

叫子和口哨

啄木在一九一一年七月号的《创作》杂志上发表了六首诗，原题《无结果的议论之后》。以后他又给每首诗加了一个题目，附上《家》和《飞机》二首，加上一个总题为《叫子和口哨》。啄木死后，在遗稿中发现了《无结果的议论之后》还有没发表的三首。从诗稿上标的次序来看，这三首是第一、八、九首，而原来发表的六首是第二到第七首。现作为补遗，附在后面。《无结果的议论之后》第八首提到了"叫子"，而《一握砂》第一六二首说：

"夜里睡着也吹口哨，

口哨乃是

十五岁的我的歌。"

从这两首歌中可以看出为什么啄木给这组诗起名为《叫子和口哨》。

根据岩波书店版《啄木全集》第三卷译出。

无结果的议论之后

我们且读书且议论,

我们的眼睛多么明亮,

不亚于五十年前的俄国青年,

我们议论应该做什么事,

但是没有一个人握拳击桌,

叫道: "到民间去[1]！"

我们知道我们追求的是什么,

也知道群众追求的是什么,

而且知道我们应该做什么事。

我们实在比五十年前的俄国青年知道得更多。

但是没有一个人握拳击桌,

叫道: "到民间去！"

聚集在此地的都是青年,

经常在世上创造出新事物的青年。

1　此处用的是俄文原语"В Народ"。这是民粹派提出来的口号。

我们知道老人即将死去，胜利终究是我们的。

看啊，我们的眼睛多么明亮，我们的议论多么激烈！

但是没有一个人握拳击桌，

叫道："到民间去！"

啊，蜡烛已经换了三遍，

饮料的杯里浮着小飞虫的死尸。

少女的热心虽然没有改变，

她的眼里显出无结果的议论之后的疲倦。

但是还没有一个人握拳击桌，

叫道："到民间去！"

一九一一年六月十五日，东京

一勺可可

我知道了，恐怖主义者[2]的

悲哀的心——

言语与行为不易分离的

惟一的心，

想用行为来替代

被夺的言语来表示意思的心，

自己用自己的身体去投掷敌人的心——

但这又是真挚的热心的人所常有的悲哀。

无结果的议论之后，

喝着一勺凉了的可可，

尝了那微苦的味，

我知道了，恐怖主义者的

悲哀的，悲哀的心。

一九一一年六月十五日，东京

2　此处指幸德秋水一派。

书斋的午后

我不喜欢这国里的女人。

读了一半的外国来的书籍的
摸去粗糙的纸面上，
失手洒了的蒲桃酒，
很不容易沁进去的悲哀呀！

我不喜欢这国里的女人。

一九一一年六月十五日，东京

激论

我不能忘记那夜的激论，
关于新社会里"权力"的处置，
我和同志中的一个年轻的经济学家 N 君，
无端的引起的一场激论，
那继续五小时的激论。

"你所说的完全是煽动家的话！"
他终于这样说了，
他的声音几乎像是咆哮。
倘若没有桌子隔在中间，
恐怕他的手已经打在我的头上。
我看见了他那浅黑的大脸上，
胀满了男子的怒色。

五月的夜，已经是一点钟了。
有人站起来打开了窗子的时候，
N 和我之间的烛火晃了几晃。
病后的，但是愉快而微热的我的颊上，
感到带雨的夜风的凉爽。

但是我也不能忘记那夜晚

在我们会上惟一的妇女

K 君的柔美的手上的指环。

她去掠上那垂发的时候，

或是剪去烛心的时候，

它在我的眼前闪烁了几回。

这实在是 N 所赠的订婚的指环。

但是在那夜我们议论的时候，

她一开始就站在我这一边。

　　　一九一一年六月十六日，东京

墓志铭

我平常很尊敬他，

但是现在更尊敬他——

虽然在那郊外墓地的栗树下，

埋葬了他，已经过了两个月了。

实在，在我们聚会的席上不见了他，

已经过了两个月了。

他不是议论家，

但是他是不可缺的一个人。

有一个时候，他曾经说道：

"同志们，请不要责备我不说话。

我虽然不能议论，

但是我时时刻刻准备着去斗争。"

"他的眼光常在斥责议论者的怯懦。"

一个同志曾这样的评论过他。

是的，这我也屡次的感觉到了。

但是现在再也不能从他的眼里受到正义的斥责了。

他是劳动者——是一个机械工人。

他常是热心的，而且快活的劳动，

有空就和同志谈天，又喜欢读书。

他不抽烟，也不喝酒。

他的真挚不屈，而且思虑深沉的性格，

令人想起犹拉山区的巴枯宁的朋友[3]。

他发了高烧，倒在病床上了，

可是至死为止不曾说过一句胡话。

"今天是五月一日，这是我们的日子。"

这是他留给我们的最后一句话。

那天早上，我去看他的病，

那天晚上，他终于永眠了。

唉唉，那广阔的前额，像铁槌似的胳膊，

还有那好像既不怕生

也不怕死，永远向前看着的眼睛——

3　巴枯宁（一八一四年至一八七六年）是俄国无政府主义者。
犹拉山区在瑞士。巴枯宁曾在那里组织犹拉联盟，进行无政府
主义者的活动。

我闭上眼，至今还在我的目前。

他的遗骸，一个唯物主义者的遗骸，

埋葬在那栗树底下了。

"我时时刻刻准备着去斗争！"

这就是我们同志们替他选定的墓志铭。

打开了旧的提包

我的朋友打开了旧的提包，

在微暗的烛光散乱着的地板上，

取出种种的书籍，

这些都是这个国家所禁止的东西。

我的朋友随后找到了一张照片，

"这就是了！"放在我的手里，

他又静悄悄的靠着窗吹起口哨来了。

这是一张并不怎么美的少女[4]的照片。

家

今天早上醒过来的时候，

忽然又想要可以称作我家的家了，

洗脸的时候也空想着这件事，

从办公的地方做完一天的工作回来之后，

喝着晚餐后的茶，抽着烟，

紫色的烟的味道也觉得可亲，

凭空的这事又浮现在心头——

凭空的，可又是悲哀的。

地点离铁路不远，

选取故乡的村边的地方。

西式的，木造的，干干净净的一栋房

虽然并不高，也没有什么装饰，

宽阔的台阶，露台和明亮的书房……

的确是的，还有那坐着很舒服的椅子。

这几年来屡次想起的这个家，

每想起的时候房间的构造稍有改变，

心里独自描画着，

无意的望着洋灯罩的白色，

仿佛见到住在这家里的愉快情形，

和给哭着的孩子吃奶的妻同在一间房里，

她在角落里，冲着那边，

嘴边自然的出现了一丝微笑。

且说那庭院又宽又大，让杂草繁生着

到了夏天，夏雨落在草叶上面

发出了声响，听着很是愉快。

又在角落里种着一棵大树，

树根放着白色油漆的凳子——

不下雨的日子就走到那里，

抽着发出浓烟的，香味很好的埃及烟草，

把每隔四五天丸善[5]送来的新刊

裁开那书页，

悠悠的等着吃饭的通知，

或者召集了遇事睁圆了眼睛，

听得出神的村里的孩子们，告诉他们种种

的事情。……

5　日本东京的大书店，主要卖外国书。

难以捉摸的，而又可悲的，

不知什么时候，少年时代已消逝，

为了每月的生计弄得疲劳了，

难以捉摸的，而又可悲的，

可怀念的，到了什么时候都舍不得抛弃的心情，

在都市居民的匆忙的心里浮现了一下，

还有那种种不曾满足的希望，

虽然起初就知道是虚空的，

眼睛里却总是带着少年时代瞒着人恋爱的神色，

也不告诉妻子，只看着雪白的洋灯罩，

独自秘密的，热心的，心里想念着。

一九一一年六月二十五日，东京

飞机

看啊，今天那苍空上，

飞机又高高的飞着了[6]。

一个当听差的少年，

难得赶上一次不是当值的星期日，

和他患肺病的母亲两个人坐在家里，

独自专心的自学英文读本，那眼睛多疲倦啊。

看啊，今天那苍空上，

飞机又高高飞着了。

一九一一年六月二十七日，东京

6　日本陆军是在一九一〇年末第一次买飞机的。

《叫子和口哨》补遗

无结果的议论之后（一）

在我的头脑里，

就像在黑暗的旷野中一样，

有时候闪烁着革命的思想，

宛如闪电的迸发——

但是唉，唉，

那雷霆的轰鸣却终于听不到。

我知道，

那闪电所照出的

新的世界的姿态。

那地方万物将各得其所。

可是这常常是一瞬就消失了，

而那雷霆的轰鸣却终于听不到。

在我的头脑里，

就像在黑暗的旷野中一样，

有时候闪烁着革命的思想，

宛如闪电的迸发——

一九一一年六月十五日夜

无结果的议论之后（八）

真是的，那小街的庙会的夜里，

电影的小棚子里，

漂浮着汽油灯的臭煤气，

秋夜的叫子叫得好凄凉啊！

呼噜噜的叫了，随即消失，

四边忽然的暗了，

淡蓝的，淘气小斯的电影出现在我眼前了。

随后又呼噜噜的叫了，

于是那声音嘶哑的说明者，

做出西洋幽灵般的手势，

冗长的说起什么话来了。

我呢，只是含着眼泪罢了。

但是，这已是三年之前的记忆了。

怀抱着无结果的议论之后的疲倦的心，

憎恨着同志中某某人的懦弱，

只是一个人，在雨夜的街上走了回来，

无缘无故的想起那叫子来了，

——呼噜噜的，

又一回，呼噜噜的。——

我忽然的含着眼泪了。

真是的，真是的，我的心又饥饿又空虚，

现今还是同从前一样。

一九一一年六月十七日

无结果的议论之后（九）

我的朋友，今天也在
为了马克思的《资本论》的
难懂而苦恼着吧。

在我的周围，
仿佛黄色的小花瓣，
飘飘的，也不知为什么，
飘飘的散落。

说是有三十岁了，
身长不过三尺的女人，
拿了红色的扇子跳着舞，
我是在杂耍场里看到的。
那是什么时候的事情呢？

说起来，那个女人——

只到我们的集会里来过一回，

从此就不再来了——

那个女人，

现今在做什么事呢？

明亮的午后，心里莫名其妙的不能安静。

可以吃的诗

这篇诗论的原题是《寄自弓町——可以吃的诗》，发表于一九〇九年十一月三十日至十二月七日的《东京每日新闻》上。根据岩波书店版《啄木全集》第九卷译出。

关于诗这东西，我有一个很长的时期曾经迷惑过。

不但关于诗是如此。我至今所走过的是这样的道路：正如手里拿着的蜡烛眼看着变小了，由于生活的压力，自己的"青春"也一天一天地消失了。为了替自己辩护，我随时都想出种种理由来，可是每次到了第二天，自己就不能满足了。蜡烛终于燃尽，火也灭了。几十天的工夫，我仿佛投身在黑暗之中——这样的状态过去了。不久我又在黑暗中，静待自己的眼睛习惯于黑暗——这样的状态也过去了。

可是到了现在，我用一种完全不相同的心情，考虑自己所走过的道路，却觉得有种种想要说的事情。

以前我也作过诗，这是从十七八岁起两三年的期间，那时候对我来说，除了诗以外再也没有什么东西了。我从早到晚都渴望着某种东西，只有通过作诗，我这种心情才多少得到发泄的机会。而且除了这种心情以外，我就什么都没有了。——那时候的诗，谁都知道，除了空想和幼稚的音乐，多少还带有一些宗教成分（或者类似的成分）而外，就只是一些因袭的感情了。我回顾自己当时作诗的态度，有一句想说的话。那就是：必须经过许多烦琐的手续，才能知道要在诗里唱出真实的感情。譬如在什么空地上立着一丈来高的树木，太阳晒着它。要感到这件事，非得把空地当作旷野，把树当作大树，把太阳当作朝阳或是夕阳，不但如此，而且看见它的自己也须是诗人，或是旅客，或是年轻的有忧愁的人才行，不然的话，自己的感情就和当时的诗的调子不相合，就连自己也不能满足的。

两三年过去了。我渐渐的习惯于这种手续，同时也觉得这种手续有点麻烦了。于是出现了一种奇怪的情形：我在当时所谓"兴致来了的时候"写不成东西，反而是在自己对自己感到轻蔑的时候，或是等杂志的交稿日期到了，迫于实际情况，才能写出诗来。到了月底，就能作出不少诗来。这是因为每到月底，我就有一件非轻蔑自己不可的事。

所谓"诗人"或"天才"，当时很能使青年陶醉的这些激动人心的词句，不晓得在什么时候已经不能再使我陶醉了。从恋爱当中觉醒过来时似的空虚之感，在自己思量的时候不必说了，遇见诗坛上的前辈，或读着他们的著作的时候，也始终没有离开我过。这是我在那时候的悲哀。那时候我在作诗时所惯用的空想化的手法，也影响到我对一切事物的态度。撇开空想化，我就什么事情也不能想了。

象征诗这个名词当时初次传到日本诗坛上来了。我也心里漠然的想："我们的诗老是这样是不行的。"但是总觉得，新输入的东西只不过是"一时借来的"罢了。

那么怎么办才好呢？要想认真的研究这个问题，从各种意义上来说，我的学问是不够用的。不但如此，对于作诗这事的漠然空虚之感，也妨碍我把心思集中在这上头。当然，当时我所想的"诗"和现在所想的"诗"，是有着很大差别的。

二十岁的时候，我的境遇起了很大的变动。回乡的事，结婚的事，还有什么财产也没有的一家人糊口的责任，同时落到我的身上了。我对于这个变动，不能定出什么方针来。从那以后到今天为止我所受的苦痛，是一切空想家——在自己应尽的责任面前表现得极端卑怯的人——所应该受的。特别是像我这样一个除了作诗和跟它相关联的可怜的自负之外，什么技能也没有的人，所受的痛苦也就更强烈了。

对于自己作诗的那个时期的回想，从留恋变成哀伤，从哀伤变成自嘲。读人家的诗的兴趣也全然消失了。我有一种仿佛是闭着眼睛深入到生活中去似的心情，有时候又带来一种痛快的感觉，就像是自己拿着快刀割开发痒的疙瘩一样。有时候又觉得，像是从走了一半的坡儿上，腰里被拴上一条绳子，被牵着倒退下去的样子。只要我觉得自己待在一个地方不能动了，我就几乎是无缘无故的竭力来对自己的境遇加以反抗。这种反抗常常给我带来不利的结果。从故乡到函馆，从函馆到札幌，从札幌到小樽，从小樽到钏路——我总是这样的漂流谋生。不知从什么时候起，我和诗有如路人之感。偶尔会见读过我以前所写的诗的人，谈起从前的事情，就像曾经和我一起放荡过的友人对我讲到从前的女人似的，引起同样的不快的感觉。生活经历使我起了这样的变化。带我到钏路新闻社去的一位温厚的老政治家曾对人介绍我说："这是一位新诗人。"别人的好意，从来没有像这样使我感到过侮辱。

横贯思想和文学这两个领域的鲜明的新运动的声音[1]，在为了谋生而一直往北方走去的我的耳朵里响着。由于对空想文学的厌倦，由于在现实生活中多少获得了一些经验，我接受了新运动的精神。就像是远远的看去，自己逃脱出来的家着了火，熊熊的燃烧起来，自己却从黑暗的山上俯视着一样。至今想起来，这种心情也还没有忘记。

诗在内容上形式上，都必须摆脱长时间的因袭，求得自由，从现代的日常的言词中选取用语，对于这些新的努力，我当然没有任何反对的理由。"当然应该如此。"我心里这样想。但是对任何人我都不愿意开口说这话。就是说，我只是说什么："诗本来是有某种约束的。假如得到了真的自由，那就非完全成为散文不可。"我从自己的阅历上想来，无论如何不愿意认为诗是有前途的。偶然在杂志上读到从事这些新运动的人们的作品，看见他们的诗写得拙劣，我心里就暗暗的觉得高兴。

散文的自由的国土！我虽然没有决定好要写什么东西，但是我带着这种漠然的想法，对东京的天空怀着眷恋。

1　指自然主义文学的兴起。

钏路是个寒冷的地方。是的，只是个寒冷的地方而已。那是一月底的事，我从西到东的横过那被雪和冰所埋没，连河都无影无踪了的北海道，到了钏路。一连好多日子，早晨的温度都是华氏零下二十度到三十度，空气好像都冻了。冰冻的天，冰冻的土。一夜的暴风雪，把各家的屋檐都堵塞了的光景我也看到了。广阔的寒冷的港内，不知从什么地方来的，流冰聚集，有多少天船只也不动，波浪也不兴。我有生以来头一次喝了酒。

把生活的根底赤裸裸的暴露出来的北方殖民地的人情，终于使我的怯弱的心深深的受了伤。

我坐了不到四百吨的破船，出了钏路的海港，回到东京来了。

正如回来了的我不是从前的我一样，东京也不是以前的东京了。回来了的我首先看到对新运动并不怀着同情的人出乎意外的多，而吃了一惊——或者不如说是感到一种哀伤。我退一步想了想这个问题。我从冰雪之中带来的思想，虽是漠然的，幼稚的东西，可是我觉得是没有错误的。而且我发现人们的态度跟我自己对口语诗的尝试所抱的心情有类似之处，于是我忽然对自己的卑怯产生了强烈的反感。由于对原来的反感产生了反感，我就对口语诗因为还没成熟的缘故，不免受到种种的批评这件事，就比别人更抱同情了。

然而我并没有因此就热心的去读那些新诗人的作品。对于那些人同情的事，毕竟只是我本身的自我革命的一部分而已。当然我也没有想过要作这一类的诗。我倒是说过好几次这样的话："我也作口语诗。"可是说这话的时候，我心里是有"要是作诗的话"这样一个前提的。要么就是遇见对口语诗抱有极端的反感的人的时候我才这么说。

这期间我曾作过四五百首短歌。短歌！作短歌这件事，当然是和上文所说的心情有着龃龉的。

然而作短歌也是有相当的理由的。我想写小说来着。不，我打算写来着，实际上也写过。可是终于没有写成。就像夫妇吵架被打败的丈夫，只好毫无理由的申斥折磨孩子来得到一种快感一样，我当时发现了可以任性虐待某一种诗，那就是短歌。

不久，我不得不承认这一年的辛苦的努力，终于落了空。

我不大相信自己是能够自杀的人，可是又这么想：万一死得成……于是在森川町公寓的一间房里，把友人的剃刀拿了来，夜里偷偷的对着胸脯试过好几次……我过了两三个月这样的日子。

这个时候，曾经摆脱了一个时期的重担又不由分说的落到我的肩上来了。

种种的事件相继发生了。

"终于落到底层了！"弄得我不得不从心底里说出这样的话来。

同时我觉得，以前好笑的事情，忽然笑不出来了。

当时这样的心情，使我初次懂得了新诗的真精神。

"可以吃的诗"，这是从贴在电车里的广告上时常看见的"可以吃的啤酒"这句话联想起来，姑且起的名称。

这个意思，就是说把两脚立定在地面上而歌唱的诗。是用和现实生活毫无间隔的心情，歌唱出来的诗。不是什么山珍海味，而是像我们日常吃的小菜一样，对我们是"必要"的那种诗。——这样的说，或者要把诗从既定的地位拉下来了也说不定，不过照我说来，这是把本来在我们的生活里有没有都没关系的诗，变成必要的一种东西了。这就是承认诗的存在的惟一的理由。

以上的话说得很简略，可是两三年来诗坛的新运动的精神我想就在这里了。不，我想是非在这里不可，我这样说，只不过是承认，从事这种新运动的人们在两三年前就已经感到的事，我现在才切实的感到了。

关于新诗的尝试至今所受到的批评我也想说几句话。

有人说："这不过是'をり'和'であろ'或是'た'的不同罢了[2]。"这句话不过是指出日本的国语还没有变化到连语法也变了的程度。

还有一种议论说，人的教养和趣味因人而不同。表现出某种内

---

2 "をり"（nari）是"是"的文言，"であろ"（deăru）和"た"（da）是"是"的口语。

容的时候，用文言或是用口语全是诗人的自由。诗人只须用对自己最便利的语言歌唱出来就好了。大体上说来，这是很有理的议论。可是我们感到"寂寞"的时候，是感到"唉，寂寞呀"呢，还是感到"鸣呼寂寞哉"呢？假如感到"唉，寂寞呀"，而非写成"鸣呼寂寞哉"心里才能满足，那就缺少了彻底和统一。提高一步来说，判断——实行——责任，从回避责任的心出发，将判断也蒙混过去了。趣味这句话，本来意味着整个人格的感情的倾向，但是往往滥用于将判断蒙混过去的场合。这样的趣味，至少在我觉得是应该竭力排斥的。一事足以概万事。"唉，寂寞呀"非说成"鸣呼寂寞哉"才能满足的心里有着无用的手续，有着回避，有着蒙混。这非说是一种卑怯不可。"趣味不同，所以没有办法。"人们常常这样的说。这话除非是这个意思："就是说了你也不见得会懂，所以不说了。"要么就不得不说是卑劣透顶的说法。到现在为止，"趣味"是被当作议论以外的，或是超乎议论之上的东西来对待的，我们必须用更严肃的态度来对待它。

这话离题远一些，前些日子，在青山学院当监督或是什么的一个外国妇女死了。这个妇女在日本居住了三十九年，她对平安朝文学的造诣很深，平常对日本人也能够自由自在的用文言对谈。可是这件事并不能证明这个妇女对日本有十分的了解。

有一种议论说，诗虽然不一定是古典的，只是现在的口语要是用作诗的语言就太复杂，混乱，没有经过洗练。这是比较有力的议论。可是这种议论有个根本的错误，那就是把诗当作高价的装饰品，把诗人看得比普通人高出一等，或是跟普通人不同。同时也包含着一种站不住脚的理论，那就是说："现代日本人的感情太复杂，混乱，没有经过洗练，不能用诗来表达。"

对于新诗的比较认真的批评，主要是关于它的用语和形式的。要么就是不谨慎的冷嘲。但是对现代语的诗觉得不满足的人们，却有一个有力的反对的理由。那就是口语诗的内容贫乏这件事。

可是应该对这件事加以批评的时期早已过去了。

总而言之，明治四十年代[3]以后的诗非用明治四十年代以后的语言来写不可，这已经不是把口语当作诗的语言合适不合适，容易不容易表达的问题了，而是新诗的精神，也就是时代的精神，要求我们必须这么做。我认为，最近几年来的自然主义的运动是明治时代的日本人从四十年的生活中间编织出来的最初的哲学的萌芽，而且在各方面都付诸实践，这件事是很好的。在哲学的实践以外，我们的生存没有别的意义。诗歌采用现代的语言，我认为也是可贵的实践的一部分。

当然，用语的问题并不是诗的革命的全体。

那么，第一，将来的诗非哪样不可呢？第二，现在的诗人们的

3　明治年代共有四十五年，这里指明治四十年到四十五年（一九〇七至一九一二年）。

作品，我觉得满足么？第三，所谓诗人是什么呢？

为了方便起见，我先就第三个问题来说吧。最简捷的来说，我否定所谓诗人这种特殊的人的存在。别人把写诗的人叫作诗人，虽然没有什么关系，但是写诗的人本人如果认为自己是诗人，那就不行。说是不行，或者有点欠妥，但是这样一想，他所写的诗就要堕落……就成了我们所不需要的东西。成为诗人的资格计有三样。诗人第一是非"人"不可。第二是非"人"不可。第三是非"人"不可。而且非得是具有凡是普通人所有的一切东西的那样的人。

话说得有点混乱了，总而言之，像以前那样的诗人——对于和诗没有直接关系的事物，毫无兴趣也不热心，正如饿狗求食那样，只是探求所谓诗的那种诗人，要极力加以排斥。意志薄弱的空想家，把自己的生活从严肃的理性的判断回避了的卑怯者，将劣败者的心用笔用口表达出来聊以自慰的怯懦者，闲暇时以玩弄玩具的心情去写诗并且读诗的所谓爱诗家，以自己的神经不健全的事窃以为夸的假病人，以及他们的模仿者，一切为诗而写诗的这类的诗人，都要极力加以排斥。当然谁都没有把写诗作为"天职"的理由。"我乃诗人也"这种不必要的自觉，以前使得诗如何的堕落呢。"我乃文学者也"这种不必要的自觉，现在也使现代的文学如何与我们渐相隔离呢？

真的诗人在改善自己，实行自己的哲学方面，需要有政治家那样的勇气，在统一自己的生活方面，需要有实业家那样的热心，而且经常要以科学者的敏锐的判断和野蛮人般的率直的态度，将自己心里所起的时时刻刻的变化，既不粉饰也不歪曲，极其坦白正直的记录下来，加以报导。

记录报导的事不是文艺职分的全部，正如植物的采集分类不是植物学的全部一样。但是在这里没有进一步加以评论的必要。总之，假如不是如上文所说的"人"，以上文所说的态度所写的诗，我立刻就可以说："这至少在我是不必要的。"而且对将来的诗人来说，关于以前的诗的知识乃至诗论都没有什么用。——譬如说，诗（抒情诗）被认为是一切艺术中最纯粹的一种。有一个时期的诗人借了这样的话，竭力使自己的工作显得体面一些。但诗是一切艺术中最纯粹的这话，有如说蒸馏水是水中最纯粹者一样，可以作为性质的说明，但不能作为有没有必要的价值的标准。将来的诗人决不应该说这样的话，同时应该断然拒绝对诗和诗人的毫无理由的优待。一切文艺和其他的一切事物相同，在某种意义上来说，在我们只是自己及生活的手段或是方法。以诗为尊贵的东西，那只是一种偶像崇拜。

诗不可作得像所谓诗的样子。诗必须是人类感情生活（我想应该有更适当的名词）的变化的严密的报告，老实的日记。因此不能不是断片的。——也不可能是总结的。（有总结的诗就是文艺上的哲学，演绎的成为小说，归纳的成为戏剧。诗和这些东西的关系，有如流水账和月底或年终决算的关系的样子。）而且诗人决不应该像牧师找说教的材料，妓女寻某种男子似的，有什么成心。

虽是粗糙的说法，但是从上文中也可以约略知道我所要说的话了。不，还遗漏了一句话没有说。这就是说，我们所要求的诗，必须是生活在现在的日本，使用现在的日本语，了解现在的日本的情况的日本人所作的诗。

其次我自己对于现代的诗人们的诗是否满足的问题，只有这一番话要说。——各位的认真的研究是对外国语知识很缺乏的我所歆羡而且佩服的，但是诸位从研究当中得到了益处，是否同时也受害了呢？德国人喝啤酒来代替喝水，因此我们也来这样做吧——自然还不至于到这个程度，可是假若有几分类似的事，在诸位来说不是不名誉么？更率直的说，诸位关于诗的知识日益丰富，同时却在这种知识上面造成某种偶像，对了解日本的事却忽略了，有没有这样的情况呢？是不是忘了把两脚站定在地面上了呢？

此外，诸位对于想把诗变成新的东西，太热心了，是不是反而忽略了改善自己和自己的生活的重大事情呢？换句话说，诸位曾经排斥过某些诗人的堕落，现在是不是又重蹈他们的覆辙了呢？

诸位是不是有必要将摆在桌上的华美的几册诗集都烧掉，重新回到诸位所计划的新运动初期的心情去呢？

以上把我现在所抱着的对于诗的见解和要求已经大略说明了，从同一立场，我还想对文艺批评的各个方面，加以种种评论。

一九〇九年十一月

周作人：他的歌是生活之歌

我翻译日本的古典文学，第一种是《古事记》。其实我想译《古事记》的意思是早已有了，不过那时所重的还只在神话，所以当初所拟译的只是第一卷即是所谓神代卷部分，其二三卷中虽然也有美妙的传说，如女鸟王和轻太子的两篇于一年以前曾经译出，收在《陀螺》里边，但是不打算包括在内的。在一百十几期的《语丝》周刊上登过一篇《汉译古事记神代卷引言》，乃是一九二六年一月三十日所写的，说明翻译这书的意思：

　　"我这里所译的是日本最古史书兼文学书之一，《古事记》的上卷，即是讲神代的部分，也可以说是日本史册中所记述的最有系统的民族神话。《古事记》成于元明天皇的和铜五年（公元七一二），当唐玄宗即位的前一年，是根据稗田阿礼（大约是一个女人）的口述，经安万侣用了一种特别文体记下来的。当时的日本还没有自己的字母，安万侣就想出了一个新方法，借了汉字来写，却音义并用，如他进书的骈体表文中所说，或一句之中交用音训，或一事之内全以训录，不过如此写法，便变成了一种古怪文体，很不容易读了。"其实这就是所谓和文，但是它用字母的时候却拿整个的汉字去代表，并且毫无统一，所以看去像是咒语一样，但是近世经过国学家的研究与考证，便已渐可了解了。我那时每周翻译一段落，登在《语丝》上，大约登了十回，却又中止了，后来在解放以后，介绍世界古典文学的运动发生，日本部分有《古事记》一书在内，这才又提了起来。承楼适夷君从《语丝》里把它找了出来，又叫人抄录见示，其时我大概还在病中，所以又复放下，到一九五九年翻译复工以后才开始工作，但在那时候我对于日本神话的兴趣却渐以衰退，又因为参考书缺少，所以有点敷衍塞责的意思，不然免不得又大发其注释癖，做出叫人家头痛的繁琐工作来了。这部书老实说不是很满意的译品，虽然不久可以出书了，可是我对于它没有什么大的期待，就只觉得这是日本的最古的古典，有了汉文译本了也好，自然最好还是希望别人有更好的译本出现。

译得不满意的不但是这一种《古事记》，有些更是近代的作品，也译得很不恰意，这便是石川啄木的诗歌。其实他的诗歌是我所顶喜欢的，在一九二一年的秋天我在西山养病的时候，曾经译过他的短歌二十一首，长诗五首，后来收在《陀螺》里边。当时有一段说明的话，可以抄在这里，虽然是三十年前的旧话了，可是还很确当：

"啄木的著作里边小说诗歌都有价值，但是最有价值的还要算是他的短歌。他的歌是所谓生活之歌，不但是内容上注重实生活的表现，脱去旧例的束缚，便是在形式上也起了革命，运用俗语，改变行款，都是平常的新歌人所不敢做的。他在一九一〇年末所做的一篇杂感里，对于这些问题说得很清楚，而且他晚年的（案啄木只活了二十七岁，在一九一二年就死了）社会思想也明白的表示出来了。

'我一只胳膊靠在书桌上，吸着纸烟，一面将我的写字疲倦了的眼睛休息在摆钟的指针上面。我于是想着这样的事情——凡一切的事物，倘若在我们感到有不便的时候，我们对于这些不便的地方可以不客气的去改革它。而且这样的做正是当然的，我们并不为别人的缘故而生活着，我们乃是为了自己的缘故而生活着的。譬如在短歌里，也是如此。我们对于将一首歌写作一行的办法，已经觉得不便，或者不自然了，那么便可以依了各首歌的调子，将这首歌写作两行，那首歌写作三行，就是了。即使有人要说，这样的办反要将歌的那调子破坏了，但是以前的调子，它本身如既然和我们的感情并不能翕然相合，那么我们当然可以不要什么客气了。倘若三十一字这个限制有点不便，大可以尽量的去做增字的歌。（案日本短歌定例三十一字，例外增加字数通称为字余。）至于歌的内容，也不必去听那些任意的拘束，说这不像是歌，或者说这不成为歌，可以别无限制，只管自由的说出来就好了。只要能够这样，如果人们怀着爱惜那在忙碌的生活之中，浮到心头又复随即消去的刹那刹那的感觉之心，在这期间歌这东西是不会灭亡的。即使现在的三十一字变成了四十一字，变成了五十一字，总之歌这东西是不会灭亡的。我们因了这个，也就能够使那爱惜刹那刹那的生命之心得到满足了。

我这样想着，在那秒针正走了一圈的期间，凝然的坐着，我于是觉得我的心渐渐的阴暗起来了。——我所感到不便的，不仅是将一首歌写作一行这一件事情。但是我在现今能够如意的改革，可以如意的改革的，不过是这桌上的摆钟砚台墨水瓶的位置，以及歌的行款之类罢了。说起来，原是无可无不可的那些事情罢了。此外真是使我感到不便，感到苦痛的种种的东西，我岂不是连一个指头都不能触它一下么？不但如此，除却对于它们忍从屈服，继续的过那悲惨的二重生活以外，岂不是更没有别的生于此世的方法么？我自己也用了种种的话对于自己试为辩解，但是我的生活总是现在的家族制度，阶级制度，资本制度，知识卖买制度的牺牲。

我转过眼来，看见像死人似的被抛在席上的一个木偶。歌也是我的悲哀的玩具罢了。'"

啄木的短歌集只有两册，其一是他在生前出版的，名曰"一握砂"，其二原名"一握砂以后"，是在他死后由他的友人土岐哀果给他刊行，书名改为"可悲的玩具"了。他的短歌是所谓生活之歌，与他的那风暴的生活和暗黑的时代是分不开的，几乎每一首歌里都有它的故事，不是关于时事也是属于个人的。日本的诗歌无论和歌俳句，都是言不尽意，以有余韵为贵，唯独啄木的歌我们却要知道他歌外附带的情节，愈详细的知道便愈有情味。所以讲这些事情的书在日本也很出了些，我也设法弄一部分到手，尽可能的给那些歌做注释，可是印刷上规定要把小注排在书页底下，实在是没有地方，那么也只好大量的割爱了。啄木的短歌当初翻译几首，似乎也很好的，及至全部把它译出来的时候，有些觉得没有多大意思，有的本来觉得不好译，所以搁下了，现在一股脑儿译了出来，反似乎没有什么可喜了。这是什么缘故呢，大概就是由于上述的情形吧？